シリーズ
わたしの体験記

わが子は発達障害

心に響く33編の子育て物語

内山登紀夫／明石洋子／高山恵子［編］

ミネルヴァ書房

ごあいさつ

最近では「発達障害」という言葉を耳にする機会が増え、少しずつその名が認知されるようになってきました。文部科学省の調べでは特別な支援が必要な児童生徒は全国の公立小中学校の通常学級で学ぶ子どもの六・五%を占め、全国で約六〇万人にものぼるといわれています（二〇一二年文部科学省調査）。二〇〇五年の「発達障害者支援法」の施行から数年を経たいまも、発達障害はつねに注目され、実にさまざまなところで議論がなされています。

このような状況のなか、小社では、障害を理解するひとつの手がかりになればとの願いから、小さい子どもでも親子で読み進めながら障害についての理解が深まる「発達と障害を考える本」シリーズを二〇〇六年に刊行し、その後も読者の方々からの多数の反響の声を受けて、二〇一三年、「新しい発達と障害を考える本」シリーズを刊行いたしました。

そしてこの度、本シリーズの刊行を記念し、「全国のお父さん、お母さんをはじめ、子育てをしているすべての方にエールを」という思いのもと、「発達障害をもつ子どもの子育て体験記」を全国から公募いたしました。

その結果、全国から日々の子育てにおける喜びや戸惑い、嬉しさや葛藤など、実に率直な想いに溢れた三六二通にも及ぶ素晴らしい作品が寄せられました。そこには十人十色のストーリーがあり、それぞれに読み手の心を揺さぶるものがありました。この紙面を借りまして、貴重な体験をお寄せいただきましたすべての方に厚く御礼申し上げます。

今回は、その作品のなかから内山登紀夫先生、明石洋子先生、高山恵子先生による選考を経て決定しました最優秀、優秀、佳作の三三編を本書に掲載いたしました。三三の生きた物語を通じて、その体験を共有しながら、何かしらの気づきに出会ったり、新たな力を得たり、身近なことを考え直すようなきっかけになればさいわいです。

最後に、この度選考委員を務めていただいた先生方、作品の掲載を承諾していただいた三三名の方々、そして今回の書籍化にお力添えをいただきました皆様に、心より御礼申し上げます。

二〇一四年六月

ミネルヴァ書房子育て体験記事務局

わが子は発達障害——心に響く33編の子育て物語　目次

佳作

資料編

体験記の執筆者名にはペンネーム、仮名も含みます。

最優秀賞

娘からの宝物

蒼木みそら

私は娘から様々な宝物を与えられている。娘から、また娘を縁としてつながった方々から、本当に多くの宝物を与えられた。だからこそ、今の自分がある。

まだ娘が発達障害の診断を受けていなかったとき、私は真っ暗闇の中にいた。娘は目の離せない子で、何をしでかすか分からなかった。予想外のことばかりする娘が許せず、私は怒りまくっていた。怒り出すと歯止めがきかなくなり、手を上げることもしばしばあった。私が怒ってばかりいたので、家庭の中に団らんというものがなかった。夢や希望など、とてももてる状態ではなかった。

そんな最悪の状態から抜け出す最初のきっかけとなったのが、娘が幼稚園の年中の夏に受けた広汎性発達障害（ＰＤＤ）の診断だった。娘がみんなと違う行動をする理由が分かり、やっとほっとした。娘が診断を受けたとき、主人は「自分もそうかもしれないな」と言っていた。でもその時、私は「まさか自分は違うだろう」と思っていた。

診察は一か月半に一回ぐらいの割合だった。もちろん娘のための診察だったのだが、主治医は私のことを「いつも一生懸命ですね」などと良く褒めてくれた。結婚してから、身内からは家事や育児について褒めてもらえることはほとんどなかったので、自分のことを認めてもらえたのがとてもうれしかった。

翌年の五月、私は自分自身もＰＤＤかもしれないことに気がついた。軽度発達障害についての講演会へ行ったときに、ＰＤＤの子の特徴が自分の小学校時代の行動にそっくり当てはまることに気づいたのだ。娘の主治医に話すと「多分そうだと思いますよ」と言われた。そして母親同士の仲間作りができると良いから、と六月から療育グループに参加させてもらえることになった。

初めのうちは、療育グループに前からいる子のお母さん方や先生方に、なかなか心を開けられなかった。何だか自分と娘が場違いなところにいるような気がして、居心地が悪かった。

でも連絡ノートを通じて先生方とやりとりをするうちに、少しでも今の自分の苦しい状況を知ってもらいたいと思うようになり、家で娘にひどいことをする自分のありのままの姿を書くようになった。そんな私を先生方は責めたりしないで、とても温かく受け容れてくれた。いつしか、先生方との連絡ノートのやりとりが私の心の拠り所となった。それに伴い、次第に前からいるお母さん方にも心を開けられるようになった。週一回の療育グループが私の心の居場所となり、また自分を取り戻す場となった。療育グループを卒業し

た翌年の三月には、入ったときとはまったく別人の明るく積極的な本来の自分になってい
た。これが娘から与えられた第一の宝物である。

娘が小学校に入学するとき、主人も私も「自分たちにも発達障害がある」という自覚があったので、自然に「家族全体で発達障害に向き合おう」という意識になっていた。そのことが娘が充実した小学校生活を送る土台になったような気がする。入学式の日、式の終わった後で担任と養護教諭、主人と私と娘の五人で面談をしてもらった。その時、養護教諭は「とても良い家族だな」と感じたらしい。私も主人も「自分たちだって何とかなったのだから、この子もきっと何とかなるだろう」という共通した思いをもっていた。きっとその思いが先生方に伝わったのだと思う。

私は「娘だけではなく、自分や主人にも発達障害がある」ということを先生方に伝えた。「親自身が非常識な言動をしてしまうことがあるかもしれない」ということを先生方に知っておいてもらった方が良い、と思ったからである。そんな私たちの態度を先生方は「裏表のない人だ」と好意的に受けとめてくれたようだった。

私は「娘には楽しい小学校生活を送ってほしい」という気持ちで一杯だった。なぜなら自分自身が小学校時代に「みんなと違う」ことが原因でとても辛い思いをしたからである。絶対に自分と同じ思いはさせたくない、何が何でも娘を守りたい」という一心だった。

幸い、近所に娘の学校での出来事をあれこれ教えてくれる子がいたし、娘も嫌なことが

あったときにはすぐに報告してくれた。だからもめ事があったときには直ちに担任に連絡をして、早目に対処することができた。

でも小学校でもやはり「連絡ノート」の存在は大きかった。初めのうちは手紙でやりとりをしていたが、三年のときの担任が「手紙だとばらばらになってしまうから、連絡ノートにしましょう」と提案してくれた。

娘が学校でもめ事を起こすときは大抵、家の中でもごたごたしていた。私自身の怒り過ぎが原因であることが多かった。自分の苦しい思いを連絡ノートに書くと、娘の担任は励ましの言葉を返事に書いてくれた。そのようなやりとりを通して、私は学校の先生方と非常に強い信頼関係を築くことができた。もちろん娘も学校の先生方に温かく見守られて、充実した六年間を過ごすことができた。おかげで、私は自分の辛かった小学校時代をとても明るいものに塗り替えることができた。これが娘から与えられた第二の宝物である。

娘のおかげで、私は自分の人間関係も様々に広げることができた。その中でも、最も絆が強いのは療育グループで一緒だったお母さん方である。

療育グループに通っていた途中で彼女たちに心を開けられるようになってから、私は自分自身も発達障害であると告白した。彼女たちとは、単に発達障害の子どもをもつ母親仲間の関係に留まらず、私自身の良き理解者、初めての心からの「ママ友」になった。子どもが小学校に入学してからも頻繁に連絡を取り合い、情報交換をしたり悩みを聞いたりしていた。娘の小学校ではなかなかママ友が作れなかったので、彼女たちは私にとって大きな心の支えとなった。

また、私自身も新たな人間関係を広げる努力をした。セミナー等で気になるお母さんがいれば声を掛け、連絡先の交換をして後日、発達障害についてのテレビ番組の放送予定を知らせたり、悩みを聞いたりした。また講演会やセミナーに誘って一緒に行ったり、逆に彼女から発達障害の子どもを対象にした教室や相談会を紹介してもらったりした。そして教えてもらった情報を療育グループのときのママ友に知らせる、ということもした。

そんなママ友から教えてもらった様々な情報の中で、私にとって特に影響が大きかったのは前述の相談会だった。この相談会の参加者は、抽選で夏に二泊三日の親子キャンプに行くことができた。運良く、私は娘が小三～小五の時にそのキャンプに参加することができた。わずか三日のキャンプなのに、母親同士はまるで何年も前からのママ友のような強い絆を結ぶことができた。娘よりも重度の子どもがいるお母さんがとても生き生きとしているのを見て、どれほど励まされたか分からない。

このように娘を縁として様々な人間関係を広げられたのが、娘からの第三の宝物である。しかし何と言っても一番大きかったのは、娘の診断がきっかけで自分自身を肯定的に受け容れられるようになり、その結果、新たな夢までもてるようになったことである。

子どもの頃、私は怒りのコントロールと人間関係で苦しんだ。小三の頃から、男子に嫌なことを言われると過剰に反応し、怒り狂った。すると、その反応を面白がられて余計に嫌なことを言われるという悪循環だった。女子とも小四の頃からの「グループ友だち」になじめず、自分の居場所を作れなかった。「何で自分はみんなと違うのだろう」とずっと思っていた。

でも自分自身も発達障害だと分かって、ようやく謎が解けた。ある本に、一般的な子と発達障害の子とでは、物事に反応するときに働く脳の部分がまったく違うことが写真で示されていて、私は「ああ、自分はみんなと違っていていいんだ」と納得することができた。みんなと違う自分を肯定的に受け容れられるようになった第一歩だった。

それからは「自分の姿を通して、発達障害について正しく理解してくれる人が増えていってほしい」と思うようになった。その思いはやがて「子どもの発達障害で悩んでいるお母さんを自分の姿を通して励ましたい」という思いに変わっていった。以前は「苦しい、誰かに助けられたい」という思いで一杯だったのに、いつの間にか「苦しいお母さんを助けたい」と思うようになっていた。そして、「発達障害の人・発達障害の子を育てるお母さんにとっての希望の光となることが自分の使命だ」とまで思うようになった。

そんな思いはさらに「学校現場で発達障害の子どもたちを直接助けたい」という思いにまで発展した。根底には、やはり自分の辛かった小学校時代がある。私や娘の後輩である発達障害の子どもたちに、絶対に私のような辛い思いはさせたくない、娘のように充実した小学校生活を送ってほしい、という思いである。

私は今、真剣に発達障害対応支援員を目指している。今年、選考試験を受けたものの、不合格だった。来年こそは何としても合格したい、と思っている。この年になって新たな夢をもてるようにしてくれたこと、それが娘からの第四の宝物である。

今度は私が娘に宝物を贈る番である。それは娘が自分の生き方に迷ったときに、安心して帰れる港のような存在になることである。そして、新たな行き先を見つける手助けをして再び送り出してやることである。娘には私が娘からもらった以上の宝物をもたせてやりたい、と思っている。

選評　内山登紀夫

蒼木さんの手記には広汎性発達障害（自閉症スペクトラム障害）という診断名が、どのように子どもや家族にとって意味があるかが、時系列に沿って書かれています。広汎性発達障害は、特効薬があるわけでもないし、こうすれば「治る」という療育方法があるわけでもありません。人によっては、時には小児科医や精神科医、臨床心理士のような専門家でも広汎性発達障害という診断名は意味がない、あるいは、特に診断してもメリットがないという人もいます。でも、蒼木さんの手記を読むと、正しい診断によって子どもへの理解が深まり、親にも子どもにとっても効用があることがわかります。

蒼木さんはお子さんの療育中に、ご自身、お父様にも広汎性発達障害があることに気づかれ、それを支援者にも伝えました。このようなことは一〇年前ならあまりなかったことだと思いますが、最近では珍しくありません。親自身が広汎性発達障害であるときに、そのことをきちんと肯定的に受け止めることは、親子の人生にとって良い効果をもたらすことが多いと思います。

選評　明石洋子

四つの贈り物はどれも素晴らしい。広汎性発達障害の診断名をつけられる前とその後の様子、対応の気づきや変化、そして娘だけでなく夫や自分も広汎性発達障害ではないかとの疑いからカミングアウトの過程、それらはどれも貴重な体験となっていますね。肯定的にありのままの自分を見出す心のありようが時系列に詳細につづられて、成長されていく様子が読者にも深い共感をもって伝わることでしょう。関わられている周りの専門家、支援者の対応も素晴らしいですね。親たちが障害を受容できるのも、温かいまなざしを送ってくれる背景があるから。周りがポジティブな視点にやっと変わってきたと、「共に生きる」時代の到来を実感できうれしく思います。連絡帳は、啓発を含む情報交換だけでなく、自分の振り返りにもなりますね。私も四〇年前からの子育て日記等が一〇〇冊を超え、お陰で本を三冊書けました。蒼木さんも書くことを続けられ、さらにご自身の子ども時代からの体験も広く世間に伝えて、理解と支援の輪を広げていってほしいです。期待しております。

選評　高山恵子

広汎性発達障害という診断前の不安からそのお子さんの子育ての過程での人とのかかわりから生まれる喜びが深く伝わる手記でした。家族全員にその特性があり、受容してカミングアウトする、そのプロセスも貴重な体験ですね。

信頼関係の深い担任の先生との連絡ノートにご自分の苦しい思いを書き、そして心温まるレスが先生からくる。本当にこの信頼関係や思いを書き出したノートは、お子さんが与えてくれた宝物なのでしょう。励ましの言葉が親にとってどんなにうれしく、救いになるのか……。このことを支援者に知っていただきたいですね。

周囲に理解者がいないストレスは計り知れないものです。いい理解者とは、発達障害のある人の世界とない人の世界の通訳者だと思います。蒼木さんはきっといい通訳者となることでしょう。辛い体験があればあるほど、人に優しく接することができます。そう考えると、ご自分の辛かった子ども時代の経験も蒼木さんの宝物ですね。

わが子とともに学んだこと
障害を受け入れること、伝えること

叶丸千明

四年前、息子と私は大学生になった。息子には大学に入学することすらむずかしいと思っていたが、高校を卒業しての居場所として、就職の前にゆったりした時間の中で過ごさせてやりたかった。一方、私の方は別の大学で障害者の就労支援コースというテーマで一年間学べる大学があることを知り、受講することになった。当時就労に関しては何も知らなかった。学生生活は親子二人三脚で乗り越えてきたが、就労となると、何から始めていいのかも見えてこなかった。そうして、私と息子は一年間、別の大学で大学生となったのである。一年間の大学の修了レポートで、私は障害の受容と告知をテーマに選んだ。発達障害は生まれてすぐに障害があると気付かない。いたって健康に生まれたと思ったわが子に障害があることを受け止めていくのはとてもつらい作業である。

息子は一歳半の健診の頃は体格もよく、運動能力もあり、すくすく育っていると思っていた。しかし、ほかの子どもたちが盛んにしゃべりはじめる頃になっても、なかなか言葉が出ず、また指さしもしなかった。その頃、電車は「シャー」、ジュースは「ジュー」など言葉の一部だけを発音していたので、私だけがわかる会話が続いていた。ただ、文字を読んだり、数字を読んだりすることは好きで、どんどん覚えていった。家の中での遊びはなかなか成立しなかった。また、人見知り、場所見知りも強かった。

不安な気持ちでむかえた三歳児健診では、聴力検査の前で大泣きし、受けることができなかった。保健師さんが「お母さん、子どもさんに怖くないから、って言い聞かせてあげてください。子どもさんが落ち着いたら検査しますから」と言われたのだが、泣き叫ぶ子どもをどうすることもできなかった。そして、とうとう検査は受けられず、カーテンで仕切られたコーナーに連れて行かれた。そこには、医師や保健師が数人いて息子に遅れがあることを伝えられ、保健所で行われている親子の集団遊びに参加するように勧められた。その話の最中もわが子はずっと泣き通しで、私もとうとう嗚咽するように泣いてしまった。ずっと不安だった気持ちが一気に押し寄せてきた。「人見知りが強くてなかなかそういう場所に連れていくこともむずかしいのです」ということだけをなんとか伝えると、月に一度、保健師が家庭訪問することで、経過観察となった。

その後、子育ての答えを見つけ出すべく、たくさんの育児書を読むが、わが子に当てはまるものはなく、不安だけが広がっていった。あるとき、図書館で、今までは怖くて読めなかった専門書がおいてあるコーナーに行ってみた。「自閉症」、「学習障害」などの本を読み、わが子と似ている部分を見つけては心配し、違う部分を見つけては安堵した。

やがて幼稚園に入り、教育機関や臨床心理士のカウンセリングを受けるが、「お母さんが、もっと話しかけてあげたら変わってきますよ」や、あるときは「自閉的傾向はありますね」などその都度答えが違い、はっきりしたことは見つからずにいた。そういうあいまいな状態に不安を抱きつつも、結論が出ることを恐れていたのだと思う。

幼稚園の頃の息子は、なかなか集団の中で交わることができずに、絵本のコーナーに行っては、シリーズの絵本を一から順番に並べていた。また帰りの道順にこだわるなど言葉以外にもむずかしい部分が目立ってきた。リトミックがいいと聞けば通い、水泳がいいと聞けば体験に行ったが、どれも集団の中ではむずかしかった。そんなとき、地元の大学の学生が障害をもった子どもたちのための体操教室をしていることを聞き、参加することにした。広い体育館を使って、お兄さん、お姉さんが指導してくれる体操教室は回を重ねるごとに息子にとっても楽しいものになっていった。その会の名前は、「情緒障害児体操教室」だった。その頃、気持ちの半分は息子には障害がある、と思う反面、「障害」という言葉にはとても敏感になっていた。運動会の「障害物競争」と聞くだけでも、嫌な気持ちになるくらい、「障害」という言葉には嫌悪感をもっていた。その体操教室に来るお母さんたちは、息子より年長の小学生になる子どもさんがいる人たちで、ダウン症の子どもさんもいれば、肢体不自由の子どもさんの親御さんもいたのだが、みんな元気で陽気で、笑っていた。心の中でイジイジ考えていた私に比べて、そこに集まっているお母さんたちは、「障害」という言葉を吹き飛ばすくらいに元気な肝っ玉母さんだった。

結局、息子が知的障害を伴った自閉症と診断されたのは、息子が七歳の時だった。その頃には少しは私も障害を受け入れていて、初めて療育手帳を手にしたとき、「これを見せると地下鉄に切符を買わなくても乗れるんやで。魔法の手帳なんやで」と、電車好きな息子に話すことができた。しかし、やはり「自閉症」という言葉も「障害」という言葉も嫌だったし、息子にはそういう本を見せないように隠していた。

小学校では普通学級に在籍したが、一番大変だったことは、授業中ずっと座っていることができずに、教室を飛び出すことだった。また偏食も強く、給食が食べられなかった。そんな悩みが次から次へと出てきては、目の前の問題を一つひとつ解決していくにつれて、私も強くなっていった。その頃には「障害」という言葉を自ら使うようになっていた。

「うちの子、自閉症の障害があるんですよ」という風に。しかし、それは、水戸黄門の印籠のように、息子が何かトラブルを起こしたりしたときに、その言葉を使うことで相手を黙らせてしまうものとして使われていたように思う。そんなこととは気づかず、私は障害を受容している、と思い込んでいたのだ。

そういう気持ちでいたことに気づく出来事があった。家族で日帰りのスキーに行ったときだった。息子は雪に大はしゃぎし、スキーで少し滑っては、転ぶ遊びを繰り返していた。

少し目を離したとき、息子が男の人に叱られていた。急いでかけつけると、どうやら息子が小さい子どもの方に突っ込んでいってしまったのである。幸い誰にも怪我はなかった。

「謝ろうともせず、にやにや笑っているんでね。うちの子に何かあったらどうしてくれるんですか！」と相手の父親が私に向かってどなりつけた。私は、「すみません。うちの子、障害があって、別に笑っていたわけじゃないんです」といつものように私が言うと、「障害とか関係ないでしょ！　それならなおさら親がちゃんと見ておいてやらなアカンでしょ！」とさらに怒りを買うことになった。何度も何度も謝って、その場を離れたあと、私は悔しい気持ちと情けない気持ちで一杯だった。障害のある子を育てることがどれだけ大変か誰もわかってくれへんのや。涙が出てきた。涙を息子に見せないように、息子を体の前に抱きかかえて、何度も何度も止まる練習をした。そしてついに息子は一人で止まることができるようになった。最初は悔しい気持ちで一杯だったが、気持ちは変わっていった。私は、今まで障害を受け入れたつもりで、「息子には障害があるんです」というセリフを使うことで、自分は責任を逃れ、息子を傷つけていたのではないか、と。障害があっても、ダメなことはダメなんや、障害を受け入れるということは、そういう風に都合のいいときだけ障害名を使うことではないと。私の頭にガツンとその日の出来事が響いたのだ。

いつか息子に障害のことを伝えよう。もっともっと息子が自分を好きになれるように。

そのいつかは、思ったより早くやってきた。息子が小学五年生の時であった。テレビのドキュメンタリーで障害のある子どもたちの特集の予告を見て、息子の気持ちが不安定になっていったのだ。「障害のことが気になるの？」まだまだ先と思っていた告知を突然始めることにした。「障害がある人たちはみんながんばっている子たちなんやで」と息子に自閉症の話をした。また中学生になってからは、アスペルガーの男の子が主人公になっている本を読み聞かせたり、テレビの教育番組で障害を取り上げている番組を一緒に見たりして、繰り返し繰り返し、少しずつ少しずつ息子に告知を続けた。

この春、息子は大学を卒業して、就職を目指して障害者就労移行支援事業所へ仕事の訓練に通っている。そこには、息子と同様に療育手帳を持つ知的障害のある人たちが就労を目指して通っている。年齢もさまざまである。息子はそこで居場所を見つけ、楽しく訓練に励んでいる。また、私もそこで出会った家族の人との集まりを楽しみにしている。

小さい頃は、言葉の遅れや友達と遊べないことに悩み、小学生の頃は教室に座っていられないことや、給食を食べられないことに悩んだ。また、中学生ではいじめもあった。しかし、今になって思えば、一つひとつの出来事は大変だったけれど、無我夢中で向き合ってこられたと思う。必死だった。ただ、障害を受容する、ということでは、常に自分をごまかしていたのだと恥ずかしい思いである。

息子を育てたことで、小さな成長もスローモーションのように一緒に感じ、喜びあえる。また、息子を育てるなかで、多くの人とのつながりができたのだ。小さい頃、体操教室で先輩のお母さんたちが笑っているのを見て、信じられない気持ちの私だったけれど、今は、仲間のお母さんたちと同じように、陽気に笑っているのだ。少しは私も肝っ玉母さんになれたかな、と思いつつ、あなたの母でよかった、と思う。

選評　内山登紀夫

叶丸さんは大学の一年間のコースで「障害の受容と告知」をレポートのテーマに選ばれました。推測ですが、レポートのテーマに選ばれたことで受容と告知について専門家的な視点からいろいろと考えたり勉強されたのだと思います。息子さんが小さいときには一人の親として息子さんの行動に戸惑ったり、周囲の人の言葉や専門家のアドバイスに傷ついたりしてきました。年長になるにしたがって、障害を受容した経過が書かれています。叶丸さんの手記は、今まで受け入れられなかった障害を受容する過程で、ご自身の受容のあり方に内省的で、多角的な視点で考えておられる様子がみられます。ある時期、自閉症という言葉を「水戸黄門の印籠のように」使っていたように思うと書かれています。もちろん、水戸黄門の印籠のような権威の象徴として使われていたわけではありません。自閉症と聞いて納得する人ばかりではなく、「それなら、なおさら親がちゃんとみろ」と言う人もいるのが、この世の中です。親にとっても世間にとっても障害を理解することは簡単ではありません。「親がちゃんとみろ」と言った人に、本書を読んでもらえれば良いのですが。

選評　明石洋子

こだわりも行動も、健診や幼稚園、体操教室、特に普通級の場面での様子等がわが子とそっくりで、当時が思い出され感無量になりました。障害の受容、理解から支援に至るまでの親の葛藤、紆余曲折・試行錯誤の過程が克明に描かれて、読者の心に深く伝わります。親が子どもと一緒に成長していく姿も、誠実な文章から共感できます。この親の思いをぜひ専門家の皆様に知っていただきたいですね。私もわが子の自己決定を尊重して、二八年前に高校進学を開拓しましたが、さらに大学（合格とご卒業）の道を開かれたことは素晴らしい。同年齢の子が行く場があたりまえになるよう、「進路の選択肢の拡大」にチャレンジする勇気を読者の皆様に与えてくれました。子どもの将来に夢と希望をもつことでしょう。社会に交わってこそバリアが何かわかりますし、環境整備（受け入れ体制など）ができますね。次の「就労」への道も開拓されますことを期待しております。「隣で働いてもあたりまえ」が実現できる日本になりますよう、共にがんばりましょう。

選評　高山恵子

親ならではの障害受容の紆余曲折のプロセス、そして告知やそれに関連する深い悩みとさまざまな葛藤がジーンと伝わる手記でした。「怖くて読めなかった専門書」……書く側の一人として、この叶丸さんの複雑な思いを深く受けとめたいと思いました。発達障害のある子の親たちが、周囲の無理解と心ない言葉にどんなに深く心を痛めたか、その涙の下にある複雑な思い……、多くの読者に伝わるといいですね。障害という日本語の持つイメージの悪さや日本社会の和を大切にする価値観がなにより、バリア、障害なんだと痛感させられる内容でした。

お二人での大学合格、おめでとうございます。これからも素敵な学びと出会いがあるといいですね。これからお二人に続き、高等教育へ進む人たちが増えることも心から願っています。

最後の「あなたの母でよかった」という母親の想いが、熱く読者に伝わっていくことでしょう。このメッセージを直接お子さんにも伝えてあげてくださいね。

優秀賞

未来の自分に届ける新聞

M・U

わが家には八年四か月分の家族新聞があります。一〇〇号達成を目指し、毎月手作りで仕上げたもので、今では何より大切な宝物になっています。号外を含む一〇一枚の新聞は、五九四の記事、二八三の挿絵、四コマ漫画は八七話に及びます。

発達障害（アスペルガー症候群）の息子を産み、傷つき苦悩した私の苦肉の策から生まれたものですが、そこにはほのぼのとした笑いと温かい思い出ばかりが詰まっています。

息子の発達障害が疑われたのは今から一四年前、四歳のときでした。それまでの私は嬉々として育児し、愛するわが子の将来に大きな夢を描く、ごく普通の母親でした。しかし、健やかに育っているはずの息子が、他の子と少し違うのかな……と感じはじめた頃でもありました。

「自分勝手」「集団行動ができない」といった類の苦情が、幼稚園や習い事の先生、お友だちのお母さんなどから増えていき、周囲への気疲れとストレスが膨らんでいきました。

幼稚園の先生からはカウンセリングも勧められましたが、当時の私は発達障害という言葉も知らず、現実を受け入れることができませんでした。そして、躾《しつけ》の強化に力む、神経質な母親になっていきました。

一方では、関連の本やインターネットで調べまくり、息子に当てはまる事柄を見つけるたびに、崖から突き落とされたような気持ちになりました。

イライラをつのらせる息子に手を上げてしまうこともあり、本当に叱らなければいけないことと、そうではない些細《ささい》なことの区別もつかない状態でした。

そんな精神不安定な私を理解してくれる人もおらず、周りの意見は言葉のナイフとなって胸に刺さり、次第に息子が私を傷つける発達傷害児に見えていきました。いっそ息子と一緒にこの世から消えてしまいたいと思いつめることもしばしば。

そんな悶々とした日々を過ごしていたときのこと。障害のあるお子さんのご家族が、家族新聞を作っているというテレビ放送を目にしました。手作りのぬくもりが伝わってくるその新聞は、とても前向きで愛にあふれ、絆の尊さを感じさせるものでした。障害をそのままに受け入れて、温かく包み込むような姿勢に「なんて心が強いのだろう」と感心しましたが、見ているうちに「この家族は強くなろうとしているんじゃない。優しくなろうとしているんだ」と気づき、胸に熱いものがこみ上げてきました。そして、そのとき、ふと思ったのです。

私はいったい今まで何をしていたのだろう。現実から目を背け、よその子と比べては不満ばかりせっせと増殖させている。私には守るべきものがある。息子はまだかわいい盛り。もっとおおらかな優しい親になって、子育てをしてもいいではないか。そんな気づきとともに、私も家族の記録を残してみたいという気持ちが湧いてきました。

幸い、夫はイラストが上手だし、息子はネタの宝庫だから記事には不自由しないはず。月に一枚、A4サイズ程度なら続けられるかもしれない。いやいや、続かなくてもいいから、まずは見よう見まねで一枚作ってみよう。いろいろ考えているうちに次々とイメージが膨らみ、そんな発想を夫に話し協力を頼むと、それほど乗り気ではないものの、賛同を得ることができました。かくして、わが家の新聞プロジェクトは始まったのです。

とはいえ、具体的に何をどう書いたら良いのかさっぱりわからず、白紙を前にひたすら頭をひねるばかり。結局、丸一日を費やして、幼稚園の運動会や芋ほり遠足など、たった三つの記事と簡単なイラストにスカスカの余白という、大ざっぱな出来映えになりました。けれど、そんな記念すべき創刊号は私を少しだけ前向きにしてくれたように思います。

手探りで始めた新聞作りも、二枚目、三枚目と試行錯誤しているうちに、徐々に要領が摑めるようになり、日常のちょっとした出来事や、夫や私、祖父母たちなどの記事も増えていきました。

一年を過ぎた頃からはますます軌道に乗り、息子のちょっと困った実話や笑い話を四コマ漫画にして掲載するようになりました。実家にも送り、毎月楽しみにしてもらえるのも励みになったように思います。

そして、作りながら気がついたことがあります。小学校の普通学級に通うようになり、息子の問題行動はますますストレスになってはいましたが、困ったことが起こるたびに、「これは一年後、彼の武勇伝になって笑えるか否か」を判断する手段として、頭の中で記事にしてみる習慣がついたのです。

発達障害の子であろうとなかろうと、子どもはいたずらや失敗をしたり、大人を困らせながら成長していくものです。しかし、世間の無理解に親も傷ついてしまい、時として自分を辱《はずかし》めるわが子に、必要以上の怒りをぶつけてしまうことがあります。でも、本当は心に余裕がほしい。なにより息子の笑顔を見ていたいのです。もしも、未来の自分が今の息子を育てたなら、もう少し器の大きな親でいられるのかも……という「未来から目線」の分別方式です。

苦情がきたときは、しっかり頭を下げつつも、まずは状況を活字にして想像してみる。うまく記事になりそうなら（四コマ漫画になりそうなら）、深刻に捉えすぎないよう自分に言い聞かせ、できるかぎり楽しく笑える記事（漫画）にしてみる。一年後に読み返したときに、未来の自分に「それでよし！」と言ってもらえるように。

たとえば……

・聴覚過敏のため、そのストレスを遮断するために、授業中、机に伏せて寝てしまう。
(騒いで授業妨害するよりはマシ。寝る子は育つ、将来大物だ。)
・その反面、音楽会や林間学校などの行事では、興奮から多動行動がでてしまう。
(迷惑を掛けたのは心苦しいが、肝心なのは息子が楽しかったのかどうかだ。)
・片付けがまったくできない・忘れ物が多い。
(神経質の私に似なかったわけだから、取りあえず良しとしておこう。何か楽しい片付け方法、忘れ物防止作戦を考えてみよう。)
・いじめにあってしまう。
(いじめられっ子でも、少なくともいじめっ子ではない。友だちの悪口も言わない子だから優しい心は育っているはず。だから私も悪口は書かない。)

なんて具合です。

毎学期ヘコむ通信簿は「痛心母」と題して記事にしたり、反抗期の親子間トラブルは、台風にたとえて「ヘクトパスカル息子」なる見出しをつけてみたり。極めつきの運動音痴ですが、運動会などの行事は、順位より一生懸命なところに重きを置いて書くようにしました。算数だけは大の得意だったので、ここぞとばかりに精一杯ほめちぎった言葉を詰め込みました。その他の書ききれない出来事は、トピックスコーナーとしてまとめました。

もちろん、家族新聞ですから、夫も息子もそれぞれの持ち味を生かして参加です。息子は「今月の○○画伯」（○○は息子の名前）の一コマでユニークな絵を描いたり「○○のなんでもコーナー」と題して自作のクイズや短歌を載せ、豊かな個性を表現。四コマ漫画は、私が日々の出来事を絵コンテにして描き貯め、イラスト担当の夫が漫画らしく仕上げました。記事に添える挿絵も、凝ったものにしてくれました。

日々、新聞記者の目線で過ごすというのもよいものです。学校行事や保護者会などは、毎回、針のむしろに座らされる思いでしたが、「これも新聞のネタさがし」と自分に言い聞かせ、気持ちを奮い起こすことができましたから。

到底記事にできない悲しい出来事も山のようにありましたが、記事にしたことは本当にのちのち笑える思い出話になり、この未来から目線の発想は、私にとって物事の見方や幸せの価値観を、少しずつ変えてくれたように思います。

そんな息子も一八歳になり、今は努力の甲斐あって順調な毎日……といいたいところですが、実はその逆で、親子ともにますます辛く厳しい現状です。

先の見えない不安に押し潰されそうになるときもありますが、市内にある発達支援センターで療育のお世話になりながら、いつか彼が自立し、社会で生き生きと暮らしていけるよう願う日々です。そして、社会全体が発達障害者に寛容な未来になるようにと願わずにはいられません。

よく、人生の試練に出会ったとき、明けない夜はないとか、止まない雨はないなどとたとえることがありますが、障害は一生治ることはありません。

今までいろいろなことを試してきましたが、私の子育ては一〇〇戦〇勝で、苦しみ悲しみの涙には終わりがなく、努力は報われないのかもしれません。でも、夜なら夜風を、雨なら雨音を楽しむ小さな工夫はできるはず。強い心になれなくても、ささやかな幸せに気づける気持ちの発達は、親にだってあるものです。

しなやかな心を大切に、楽しみを見つける気持ちを大切に、涙を拭いて発達障害を発達、生涯にして。

選評　内山登紀夫

「自分勝手」「集団行動ができない」などの苦情を受けることは親にとって、とても辛いことだと思います。子育ては人一倍一生懸命やっているのに、他者からはそのようにみえないらしい。そういうときには怒りが自分や子どもにむきがちです。そんなときに家族新聞というアイデアを実行しました。母親だけでなく父親も一緒になって書き始めたことや、四コマ漫画などユーモアの要素も入れたことが良かったようです。未来の自分を読者に想定したことは素晴らしいアイデアだと思いました。

選評　明石洋子

他の子と違うと感じ、障害を疑い……親としての心の軌跡は私と同じ。当時の誤解だらけの自閉症から、さらにM・Uさんの時代は加害事件もあり、アスペルガー症候群は理解どころかマイナスイメージでしたね。その中で新聞を作ってポジティブに活動されて実に頼もしい限りです。「一〇〇号達成を目標」と言わず二〇〇号三〇〇号と、ユーモアたっぷりの記事で、啓発活動を継続してください。一〇年前テレビに生出演してささやかな影響を与えた「明石通信（徹ちゃんだより）」も発行から三〇年を迎えますので、頑張って！。

選評　高山恵子

お子さんが小さかったときは、まだアスペルガー症候群の概念も一般的ではなく、ご心労がいろいろあったことでしょう。

その中で、新聞を作成することで物事を客観的に観察なさり、四コマ漫画を作ることでマイナスのイメージをプラスにして、失敗をユーモアに変えるセンスは素晴らしいと思います。毎月発行の家族新聞は、今後も素晴らしい家族史になっていくことでしょう。皆様の愛情がいっぱい詰まった家族新聞、これからも楽しみですね。

大震災が昇平に教えたこと

朝倉　玲

「もう終わりだ！　世界は滅んでしまったんだ！」

二〇一一年三月一一日。東日本大震災の余震が続く中、昇平は叫び続けていた。

とてもつらかった中学校を、その日の午前中に卒業したばかりだった。「これからはパラダイスが始まるぞ」と新生活にうきうきしていた矢先に襲ってきた、未曾有《みぞう》の天変地異《てんぺんちい》。津波こそやってこなかったけれど、軟弱な地盤に建っていたわが家は大きく壊れ、家の中もめちゃくちゃになっていた。

「もう駄目だ！　終わりだ！」と繰り返す昇平に私は言った。

「終わりなんかじゃないよ。私たちはまだ生きているんだからね。ここからまた始まるんだよ」

そう、私たちは生きている。だから絶対にあきらめない。昇平の肩を抱きながら、私は自分自身に言い聞かせていた――。

昇平は生まれて間もなくから本当に手がかかる子だった。

ミルクが飲めない。離乳食が進まない。ことばをなかなか話し出さない。夜泣き、偏食、わけのわからない癇癪《かんしゃく》。歩けるようになったと思ったら、あっという間に超多動児になって何度も行方不明になった。そんな彼についた診断はＡＤＨＤ。けれども、同時に自閉の特徴も色濃くあって、やがて成長してくると、社会性の困難や感覚の異常も目につくようになった。人とうまく会話ができない。場面を読んで適切に行動することができない。一つのことが気になるとそのことから離れられなくなる。人の動作を真似することが難しい。暑さ寒さの変化を感じ取る力が弱くて、寒いのに薄着でいたり暑い日に暖かい恰好《かっこう》をしていたり。突然の大声や赤ちゃんの泣き声も極端に苦手で、聞こえるとパニックになるので、買い物や外食のときには、まずそこに小さな子どもがいないか確かめなくてはならなかった。成長して多動や不注意がほとんど収まったとき、彼の診断名は自閉症の一種である広汎性発達障害に変わっていた。

そんな昇平をなんとか理解したくてインターネットで調べているうちに、私は同じような子育てをする親や、今はもう成人しているＡＤＨＤや自閉症の当事者と知り合うことができた。「うちの場合はこうですよ」「うちの子にはこんなやり方がうまくいったわ」「私は子どもの頃、こんな理由からこういう行動をしていました」、ネットを通じて聞かせてもらう経験談の数々は、昇平を育てていくうえで本当に参考になった。地元に発達障害の親の会が結成されてからは、そこにも所属して、お母さん同士で悩みを相談し合ったり、地域の情報を交換し合ったりするようになった。仲間がいることは心強い。私は前向きに子育てができるようになった。

昇平は保育園や小学校で先生にも恵まれた。保育園では副担任に介助してもらい、小学校では特別支援学級に所属して、障害特性をふまえながら本人にできることや将来必要になることを積み上げていったので、小学校を卒業する頃には、勉強はもちろん、行事に参加することも、人とやりとりすることも、できるようになっていた。

ところが壁に突き当たったのが、中学校のとき。やはり特別支援学級に進んだのだが、先生や同級生に特性をよく理解してもらえなかったために、昇平は自分を駄目な奴だと思い込むようになり、パニックを起こして学校で暴れ、その時期が過ぎると今度はひどく落ち込むようになった。こうなるともう勉強どころではない。病院で抗鬱剤《こううつざい》や安定剤を処方してもらいながらなんとか学校に通い、不登校の一歩手前でようやく卒業式を迎えた。

卒業後、昇平は自分のペースで学習できる通信制の高校と、不登校の子が多く通うフリースクールを併用することにしていた。これでようやくつらかった中学校が終わる。四月からは自分に合った新しい場所で再スタートを切るんだ。そんなふうに希望に胸をふくらませていたところへ、突然襲ってきた大震災。「もう世界は終わったんだ！」という昇平のことばは、その時の昇平の気持ちそのものだったのだと思う。

大震災の後、福島県は原発事故にも見舞われたが、私は放射線量のデータなどから「これならば住み続けても大丈夫」と判断して、暮らしを元に戻すことに全力を傾けた。倒れた家具を起こし、家の中を片づけ、ものやガソリンが乏しくなっていく中、工夫して家族の食卓を整え……。ただでさえ変化に弱い発達障害児なのだから、昇平が受けたストレスは計り知れなかった。鬱《うつ》がひどくなり、パニックを頻繁に起こして私から離れられなくなったが、それでも生活が元に戻っていくと、昇平も落ちつきを取り戻していった。普通に暮らせること。安心して暮らせること。それが昇平にとってなにより大切だった。

学校関係も心配だった。幸い高校は被害がほとんどなくて、予定通り四月に入学式を行うと連絡がきたが、通信制の学校なので毎日登校するわけではない。授業のない日にはフリースクールに行って、そこで勉強をしたり同年代の子どもたちと関わったりする計画だったのに、そのフリースクールが建物に大きな被害を受けて、再開の見通しが立たなくなっていた。新しい建物を見つけて引っ越さなくてはならないのだが、物件のあてもなければ、引っ越しの費用も捻出できない。小さなＮＰＯ法人なので、公の支援がまったく受けられなかったのだ。昇平は毎日のように「フリースクールに行きたい。ちゃんと行けるかな」と心配していた。フリースクールに通う子のお母さんたちからも、子どもたちが再開を心待ちにしているという話を聞かされて、なんとかしなくては！　と思ったけれど、わが家も被災しているので、引っ越し費用を代わりに出すことはとてもできない。

どうしよう？　私に何ができるだろう……？

考えて思いついたのが、フリースクールへの募金をお願いするホームページを作って、インターネットで公開することだった。私は昇平が三歳のときからネットで子育て日記を公開してきたので、そのサイトの片隅に募金お願いのページを置き、ブログや掲示板を通じて、これまでネットでおつきあいのあった方たちへ協力を呼びかけた。「子どもたちの心の拠り所になるフリースクールが再建の費用を必要としています。どうか助けて下さい！」と。アメリカのボランティア団体からも支援の申し出があったので、海の向こうへも「ぜひお願いします！」とメールを書いた。

反響はその日のうちから始まった。「少しだけれど募金しました」「お役に立ててください」「がんばってください」たくさんの応援メッセージと一緒に、募金の口座に善意の寄付が集まってきた。募金をした方が自分のブログなどで呼びかけてくださったので、まったく知らない人たちからも募金が集まってきた。寄付してくださった方の名前を見ても、私は半分もわからなかった。ネットではハンドルネームを使うのが普通で、本名のわからない方が大勢いたから。

アメリカからも義援金が届いた。「日本の被災地でフリースクールが困っています」と募金活動を行ってくださったのだという。「スクールで使ってください」と文具や本も贈られてきた。

他のお母さんたちは新しい教室の物件探しに駆け回った。避難者が大勢いたので、なかなか空き物件が見つからなかったけれど、最後には、社会奉仕団体の役員だった方のご好意で、すばらしい教室を格安で借りられることになった。

震災から二か月後の五月上旬、引っ越しの費用と新しい教室の備品を、集まった募金ですべてまかなって、フリースクールは無事に再開した。

あれから二年。昇平はずっと高校とフリースクールに通い続けている。勉強もがんばっているし、友だちもできた。以前のように落ち込まなくなったので、「自分はもう駄目だ」とも言わなくなった。

震災は本当に不幸な出来事だったけれど、同時に、人と人とのつながりや助け合いというものを、目に見える形で昇平に示してくれた。見ず知らずの人が寄せてくれたお金や品物、たくさんの応援メッセージ。それらは「君は一人なんかじゃないよ」と昇平に教えてくれた。社会を理解しにくかった彼に、社会の存在を強く感じさせてくれたのだ。

もちろん震災なんか起きないほうが良かったけれど、それでも、あの出来事にも意味はあったのだと思う。不幸を不幸のままにせずに、貴重な経験に変えていけたから。

今、昇平は「将来は社会に出て人の役にたてる人間になりたい」と言っている。そのためにに超えなくてはいけないハードルはいくつもあるけれど、人を信じられるようになった彼ならば、いつかきっと夢を実現していくだろう。
私はそう信じている。

選評　内山登紀夫

東日本大震災が発達障害の子どもに与えた影響はさまざまでした。昇平くんのように「もう終わりだ！　世界は滅んでしまったんだ！」と絶望した子どももいました。福島県に残った親子もいたし、県外に引っ越した人々もいました。震災や放射能に対する対処方法はさまざまです。震災後三年がたちましたが、多くの発達障害の子どもと家族の多くが、なんとか生活しています。震災は不幸なできごとですが、社会の支援があれば、乗り越えていける人たちがいます。昇平くんが教えてくれました。

選評　明石洋子

環境の変化への適応が難しい発達障害者でなくても、東日本大震災に遭われて乗り越えられたこの三年間のご苦労は、想像を絶するものがあります。命の存続にかかわる壮絶な、不幸と思える環境の中で、「貴重な有意義な体験」と発想を転換され活動されたことは素晴らしい。助け合い協力し合い絆を深め、お子さんが「人のお役にたちたい」と思うように支援されてこられた……本当に頭が下がります。さらなるネットワークを構築されて、それらが実現されることを信じ、また被災地の一日も早い復興を祈っております。

選評　高山恵子

未曾有の大災害を発達障害のあるお子さんとともに乗り越えることは、大変なご苦労があったことでしょう。その中で実際に大災害に遭われた方からの「不幸を不幸のままにせずに、貴重な体験に変えていく」というメッセージは強く、読者に響くはずです。

　辛い体験の中で人のあたたかさを感じ「人の役に立てる人間になりたい」という思いがわいてきた昇平さんの成長の喜びが、心に響きますね。きっと将来その目標を実現することができるでしょう。

佳　作

たとえそれが正しくはなくても

K・K

一生治ることはありません。その言葉はまるで刃物のようにわたしの胸に突き刺さりました。そしてこの取り返しのつかない現実にうちのめされてしまいました。

予定日より二か月早く生まれたこころは、早産で四五日間の入院をしましたが未熟児である以外は大きな障害もなく、すくすくと成長しました。四歳になり幼稚園の願書を提出に行ったときでした。明らかに面接する先生の見る目が違いました。色々なことを質問され、言われましたが、私はこの子の何がおかしいのかはっきりとは分からないまま、先生たちの感じた判断がただの勘違いであってほしいと、自身に言い聞かせそう信じて疑わないようにしていました。でも目の前で起きた現実は先生たちの感じた違和感を確信に変える現状でした。入園式で私と離れた途端泣き出すこころ、そんな子は他にもいました。でもそれが毎朝になりました。園の玄関でお別れのたびに泣いてママと叫び続けました。お友だちとも上手く遊ぶことができず、とても辛そうな姿にこのままじゃいけないと感じました。専門の方に相談し話を聞いてもらうと、ますますうちの子は普通じゃなかった、生まれつきの障害、そして何度も聞いた、一生治ることはないという事実。考えても答えの出ないことを、常に考えている毎日。治ることはないのに病院に行く必要はあるのか、でもこのまま何もしないでいいとは思えない。やはり医師にはっきりと診断を受けたいと思いました。調べたところ市内に数か所ある病院にまずは直接電話することに。でもどこも予約すらとれない状況、何とか予約のとれた一つの病院も一年以上先になりますが必ずご連絡差し上げますのでお待ちくださいとのこと。医師にみてもらうのも大変なのだと感じました。そして同じような障害を抱えた子ども、そして親がたくさんいるのだと感じました。どうしても、すぐに医師にみていただきたいと思いました。以前相談にのっていただいた方に紹介状を書いてもらうことができ、何とか半年後に予約をとることができました。その時はまだ診断結果が出たわけでもないのに、そのめどがついたというだけで、少しだけ光が差し込んだ、そんな気持ちになったのを思い出します。その頃すでに入園して三か月が経過していたと思います。先生とも相談し特別支援の枠に変更を決めた時期でもありました。そこに迷いはなく安心して生活するために必要な処置だったと思っています。

そして数か月後医師の診断の結果、広汎性発達障害であると分かりました。診断名がついたことで落ち込むことはありませんでした。むしろ逆で安堵感とともに前向きな気持ちにもなれたように思います。この障害をもつわが子に何ができるのか、どうするのがいいのか、親としての責任がそれまで以上に重いものになりました。私も勉強しなくてはと、本やインターネットも活用しました。たくさんの情報が溢れていて、それは参考にもなりましたが、今振り返るとそれは一方的に不安にさせる材料にもなりました。その症状は人それぞれで同じようでも一人ひとり違うのです。それぞれの子の症状や対処法は参考になるし興味深いものです。でも自分の子どもの一番の理解者は母である私でありたいし、私でなくてはという願いのような強い気持ちです。そうあるためにも診断結果は、母である私にとってはとてもメリットのあるものになりました。定期的に医師に状況報告をして、そのつど的確なアドバイスをいただける機会に恵まれました。私自身、発達障害について素人なわけですから誤った対応もしていました。それを指摘してくれる医師がいたお蔭で、こころも私も良い方向に進めたのだと思います。また園での対処もとても良かったと感じています。たくさんの理解者のもと、ゆるやかではありますが成長していた実感があります。

そんな中、小学校という難関が迫ってきました。園では特別支援枠で過ごしてきましたが、小学校でも特別支援学級なのか普通学級なのかの選択です。年長になりその決断の時期がきました。

入学予定の小学校には幸い特別支援学級もあり、まずは相談をということで夏休み前に見学に伺いました。私としては普通学級に入れたいという思いが前提としてありました。知的には何の問題もない子です。ただ他の子と同じように集団生活ができるのかといえばそうではありませんでした。決めるのは本人です。しかしまだ六歳、その本人にとって最良の選択を代わりにしてあげなければと思いました。たかが小学校かもしれませんが、どちらを選択するかによってこの子の人生は大きく変わるのだと感じていました。

本当に悩みました。相談にも通いました。体験者のお話も伺いました。本やインターネットもやはり頼らずにはいられませんでした。でもどこにも答えは書いてありませんでした。一番の頼りは二年間そばであの子を見てきてくれた園の先生でした。特別支援枠でお世話になるようになり毎日、先生との交換日記が始まりました。その日の園での様子や苦手なこと、出来るようになったことなど細かく書いてあり、離れていても何があったのか知ることができました。そのお蔭で安心してあずけることができたと感じています。また本人にとっても身近でいつも支えてくれた先生の存在は大きかったに違いありません。そんな先生の意見はとても気になる助言であり、最終的に普通学級は難しいのではと言われたときも、それが間違っているとは思いませんでした。

やはり無理はさせたくありません。医師からも頑張らせないでと言われていたのを思い出しました。お母さんが頑張って家族が頑張って、周りが頑張ってあげてほしい子なんだと。今あの子を普通学級にいれるということは、頑張らせる、無理をさせることになるのか、どの選択が後悔しないのか、大人になったこころに聞いてみたいと、聞くことができるならどんなに楽になれるのかと思いました。

考えても考えても、これだという答えは出ません。悩みました。本当に悩みました。でも決めなくてはいけません。もう正しい答えが必要なのではないのだと思いました。決断です、覚悟を決めるのです。私も人生の中で、今まで色々な決断をしてきました。最終的には自分で決めたことなのだと良くも悪くも、その結果を受け止めて、今の自分がいます。自分のことならどんなに良いかと思いました。他でもないあの子の人生なのです。母親として、私が決めた覚悟は特別支援学級ではありませんでした。私が頑張って、家族が頑張って、担任の先生にも協力してもらえるようにお願いして、あの子が少しでも安心して学校生活を送れるように頑張ってあげればいいだけのこと。何の根拠も確かな裏付けもありません。でも普通学級でスタートすると決めたのです。それと同時に、何か問題が生じたら特別支援学級へという覚悟も決まりました。そうと決まれば、入学前にやれることはやっておこうと思いました。園から小学校へ引き継ぎもしていただきましたし、クラスの編成も配慮してくださいました。伝えておいたほうが良いと思われる情報は事前にお伝えしました。あとは入学してみてというか、開けてみないとわからない未知の部分でした。

そして入学後、二週間ほど経過した頃でしょうか、クラスの男の子が言った何気ない一言で泣いてしまうことがありました。みんな学校生活にも慣れ、遠慮しないでお話するようになってきた頃だったのでしょうか。こころには何でそんなこと言うの、と思うような想像外の言葉に驚いてしまったのだと思います。それがきっかけだったと思います。教室そして学校がとても不安な場所になっていったのではないでしょうか。学校に行きたくないと言い出します。それは幼稚園のときもありました。その時、園の先生が言っていたこと、私が実践してきたことを思い返しました。でも休まないことです。園のときもそうでしたが朝は泣いていても、帰りには笑っているのです。きっと今回も乗り越えられるはずと思いました。しかし我が家には二歳下に弟がいて、私が行きたがらないこころを学校に送り届けることは難しいことでした。そんなとき、主人が協力してくれたのです。学校の前で不安で震えだし足が進まなくなるこころを教室まで一緒についていってくれました。いつまでこの状況が続くのかと思いましたが、毎朝主人が一緒に登校してくれたお蔭で、徐々に不安も薄れたのか二年生になってからは一人で普通に通えるようになっていました。

この春四年生になり、あの一年生の頃の不安でいっぱいだったこころは、もう想像もつかないくらい、毎日楽しく学校に通っています。苦手だった男の子とも、おしゃべりしたりできるようになりました。苦手なこともたくさんありますが、泣いたり笑ったりして乗り越えてきた一つひとつがあの子の成長に繋がってきました。どうしてうちの子だけ、と悲観的に受け止めてきた発達障害。でもその思い、今は大きく変わりました。不思議というか面白いというか、自分の平凡さ、凡人ぶりをあの子を見ていると痛感するのです。考え方、感じ方、脳の仕組みのようなものが違うような。でも医者ではないので詳しいことは良くわからないのですが特別な何かを感じるのです。言葉を話すのも遅く、三歳になってもおしゃべりしない。でも言葉は理解しているみたいだと思っていたら、突然しゃべりだして。しかも大人みたいな難しい言葉を知っている。字も気がつくと書けて、小学校入学前にひらがなだけじゃダメだと思ったのか新聞に書いてある漢字の読み方を聞いては、自主的に漢字の練習をしていました。記憶力も良いし、集中力も高く本を読むのも速い。あの子には普通ではないけれど良いところがたくさんあるのです。発達障害ってそんなに悪くないとやっと、そう思えるようになりました。大変なこともありますが、治らなくてもなんとかなる、そう思える強《したた》かな母がここにいるのです。

人生を楽しもう！

K・O

雄介がどんな子か聞かれたら、黒柳徹子さんの幼少の頃を描いた『窓際のトットちゃん』のような子、と答えるようにしています。

転がるように元気で、お話を聞いてもらえる大人なら、何時間だってしゃべっていられるおしゃべり好き。でも無邪気で明るく見える一方で、自分はみんなと違うんじゃないか、とどこか暗い疎外感のようなものを感じている『窓際のトットちゃん』に、本当にそっくりなのです。

幼稚園のとき、とても良くしてくださっていた担任の先生から「いろいろお話してくれるんですが、視線が合わないときがあって。ちょっと気になっているんです」と言われました。それまでも家族以外には目を合わせて話さなかったり、数字が頭に浮かんでくると、手を数字の形にしながら、ひたすら数えていたりということがあって、親としても心配はしていました。相談機関に話を聞いていただくと病院を紹介され、数か月後の診断で「広汎性発達障害」と告げられました。

正直「目が合わないのはきっと恥ずかしいからだろう」とか「順番が守れなかったり、上手くいかないとき、感情を爆発させて泣いたりするのも、子どもならよくあることだろう」とか「数字だって、形が気になって思わず口に出してしまうのかも」なんて、思っていた私はかなり戸惑いました。しかし、一方で「そういうことだったのか」とホッとしている自分もいて。複雑な心境でした。

幸い、子どもの個性をそのまま受け止めてくださるデイサービスを紹介していただき、雄介も親である私も、無理をせず、自分の思いを表現できる場所ができました。「どんな行動も、その子にとっては意味がある」という考えのもと、あるがままの子どもたちに向き合おうとしておられるそのデイサービスは、発達の遅れや障がいのある子どもたちを受け入れる通園施設の中にあり、優しい木陰のある園庭を見ながら「ああ、ここに来て良かった」と、それまで自分でも気づかないところで固くなっていた心がほぐれていくのを感じました。

そんなデイサービスの先生方との出会いや、雄介のことを面白い個性だと思ってくださる方、そして、わずかですが気の合う友達との出会いの中で、色々な問題もありつつも、彼の世界は着実に広がっていきました。最近では本人の強い希望で三泊四日のキャンプに参加したりして。親としてはヒヤヒヤものでしたが「四日間、一人でやりきったぞ！」という自信満々の顔で帰ってきました。

そんなこんなで、現在小学校二年生になった彼は、冒険心に満ちた、真っ直ぐな心をもった、なかなかに芯のある子に育っているのです。おしゃべりなところはそのままで、今は学校の先生のランキングをつけて教えてくれたりもします。

ちなみに第一位は校長先生。理由は「笑顔がとってもいいから！　見てるとホッとするんだ」。二位は用務員のTさん。理由は「にこやかに話してくれるから」。三位は支援学級におられたH先生。「何か好きなんだよね。オレの話をよく分かってくれる」。四位は一年生の時担任だったU先生。「生徒の気持ちがよく分かっているんだ。それに面白さもある」。五位は今の担任のA先生。「笑顔はあるんだけど、苦いんだ。まだ若いし、オレやみんなのこともまだ分かってないから仕方ないかな？」

結構本質をついていて、ドキッとさせられます。

よく発達障害の子は「空気が読めない」とか「人の気持ちが分からない」なんて言われていますが、そんなことないんじゃないかと思います。そりゃあ、友達関係では距離感や心の機微《きび》を読み取れなくて困ることはあります。雄介の独特のしゃべり方や（リアクションが大きくて、大阪に住んでいるのに標準語で話すのに違和感をもたれるようです）状況が分からなかったりするところで、からかわれたり、相手を怒らせたりすることもあります。ある時は、机に鼻くそをつけられて、ほかの子に「鼻くそ食べたら体にいいらしいで」なんて言われて本当に食べてしまったり、またある時は、からかってきた上級生にかかっていって、逆にやりかえされて大泣きをして帰ってきたこともあります。

でも、彼のもっているピカピカの真っ直ぐな心は、向き合う人の真実を見つめています。「この人には、きっと自分の気持ちは分からないな」と思うと、そういう気持ちで受け答えをするし「この人、オレのことを良く分かってくれる！」と思うと、自分のことを伝えようと心を開くのです。ちょうどトットちゃんが小林宗作先生にはじめて会った日「この校長先生といると、安心で、暖かくて、気持ちがよかった」と思ったように。

私自身、そんな純粋な心をもった雄介に助けられたことが何度もあります。

重い荷物を運んでいると「オレは男性だから力があるので、重いものも持てますよ」とかなり重たい荷物を持ってくれたり、風邪で寝込んでいると温めた牛乳を持ってきてくれ「早く良くなったらいいねぇ」と言いながら、寝ている私に寄り添ってポンポン背中をたたきながら子守唄を歌ってくれたり。

中でも、忘れられない出来事がありました。

雄介が学校でいじめられて悔し涙を流しながら帰ってきた日のこと。

「Yさんは、いっつも嫌なことを言ってくるんだ！　読み聞かせ会のとき、地獄の絵本を読んでもらったのに、そんなこと忘れて地獄なんて本当はないって思ってるんだ」と震えながらいう姿を見て、私は彼にかける言葉を探していました。きっと、その前から色々言われてきて、今日は我慢ならないほど心がぐしゃりと潰れているだろう息子に、何て言ったらいいのか、頭を巡らせていると、ふと自分が幼い頃、自宅が火事になったときのことを思い出しました。

ちょうど私が雄介と同い年の頃、祖母と二人で留守番をしていたときのことです。料理中に来客があり、祖母はうっかりコンロの火を止めずに表に出て行ってしまったのです。隣の部屋にいた私が異変に気づいて祖母に知らせに行ったときには、すでに天ぷら鍋からゴウゴウと火柱が上がっていました。慌てた祖母は私に裏口の戸を開けるように言い、あろうことか、火だるまになった天ぷら鍋を素手で持ち上げて外に出そうとしたのです。もちろんそんなことは出来るはずもなく、火だるまの鍋は扉を開けようとした私の背後から覆いかぶさり、とっさに座布団で火を叩きつけた祖母によって火は消えたのですが、祖母は手に、私は全身にやけどを負い、救急車で運ばれました。

救急車の中で、私は不思議な場所に立っていました。

今から思えば、あれは地獄と極楽の間だったんじゃないかな、なんて思います。それまでの痛みがすっかり消えて、気持ちの良い光の中「ああ、このまま歩いていけば、いいことが待っている」とただ思っていました。一方で、下からは恐ろしい地響きのような叫び声のようなものが聞こえて、でも自分はあの光の中に行くんだと思っていました。すると、どこからか「まだだめだ」という声がしました。「まだ、やることがあるから、ここにきてはだめだ」と。

雄介にはそういうことがあって「まだ、やることがあるっていわれて、これまで生きて雄介が生まれてきたんやからな。雄介は、神様から愛されて生まれてきたんよ。Yさんは死んだことがないから地獄や極楽が本当にあることをしらんのや」と話すと涙をぼろぼろ流しながら聞いていました。

また「やけどの跡をみて、きたないっていう子もいて、すごい嫌やった。でも、そういうやつには『お前には絶対負けない！』って思ってがんばったんや」と言うと「さたないなんて！　もし自分が言われたらどう思うんや！」とまるで自分のことのように怒って「痛かったやろう、熱かったやろう」とまだやけどの跡が残る足を撫でてくれました。

その時の気持ちは何とも言いようがありません。彼を慰《なぐさ》めるために話したことなのに、逆にその時痛くて悔しくて踏ん張り続けていた小さい頃の自分が、同じ年になった自分の息子に「もういいよ。大丈夫だよ」と言ってもらったようで、自然に涙があふれてきました。

同時に、こんなに感受性豊かな、優しい子を授けてくださった神様に心から感謝しました。

しかし、周りには彼の困ったところだけを見て「おかしな子」だとか「障害があるから仕方ないよね」なんて憐《あわ》れみの目でみられてしまうことも少なくありません。

今の社会は、便利で合理的なものばかりに慣れてしまって、子どもにまで学校の一斉主義の中にある模範的「良い子」を求めてしまっているように思います。それは大人の傲慢であるにちがいないのに。雄介は、そんなつまらない、ちっぽけな大人の考えを軽く飛び超えた魂で世界を見つめています。そしてそれは、障害あるなしに関係なく、子どもなら誰でも持っている本質ではないだろうかと思うのです。

以前、雄介が大好きな支援学級の先生に送ったお守りがあります。「人生」と書かれた色紙で作ったお守りの裏側には「人生を楽しもう！」と書かれていました。雄介に何気なく「雄介は人生を楽しんでる？」と聞くと、ニッコリ笑ってうなずいていました。

「人生を楽しもう」なんて、誰にとっても生きているうえで最大のテーマではないですか！

人生いいことも悪いこともあるけど、正直に自分と相手の心に向き合い、豊かに心動かしながら生きていこう。彼といると、そんなことをあらためて考えさせてくれるのです。

くりかえす毎日

M・K

私は良い母親ではない。愚かな母親だ。おそらく他の同じ状況のお母さんたちから叱られてしまうような母親だ。

娘は一七歳で自閉症。重い知的障がいがあり判定では一歳半の知能ということだった。食事や歩行は必要ないが、衣類の着脱、排泄、入浴など、生活全般介助が必要で、母親である私がしている。それだけではなく、何がおもしろいのかということをする。重要書類や思い出の写真をビリビリに破る。トイレに一巻分のトイレットペーパーを流し詰まらせる。食器用洗剤、柔軟剤、除菌アルコール、そしてしょうゆに至るまで、家にある液体をすべて流す。わざとベッドの上で排便し、身体中に便をつけていたときは、かなしくなり、私は声をあげて泣いた。何をするかわからない緊張の中生活している。

毎日目の離せない状況で、介助もしなければならない。かなり疲れる。「この子に障がいがなければなぁ」と思わない日はない。いつも思っている。心がすさんでいるときは「いなければいいのに」と思ってしまう。障がいがなくなることもないのに……。いなくなるわけないのに……。

　娘の養護学校のママ友たちは立派だ。スイミングは脳にいいらしい、ピアノは作業所に通うようになったら役立つらしいと、習い事をさせたりして一生懸命だ。「この子がいなかったら生きていけない」と涙を浮べるお母さんもいた。こんなお母さんたちに会うと、自分はダメだなあと思う。いなくなることを願ってしまうときがあるのだから。立派なお母さんになろうと思って娘に接しても、疲れてしまう。そして、障がいがなかったら私は楽だったのにと思う。

　毎日、緊張と介助で疲れながらも私は逃げだしてはいない。何故だろうか？　身体も心ももう無理と感じ、すべてを投げだし、家出しようと思ったことは何回もある。でも実行していないのだ。家出しちゃえば楽になるのに。考えてみるとわかった。何故、家を出ないのか？　それはかわいいからである。娘はすごくかわいい。親の目だからだと言われるかもしれないが、本当にかわいいのだ。少し面長な顔。目は丸い。たれ目ではない。仔猫のような目をしている。黒目がはっきりしていてパッチリしている。鼻は小さくて、口も小さい。やわらかい髪。耳のあたりがくせ毛で、外側にはねている。それがまたかわいい。

　「何でこんなことするのよ」と私はよく怒る。娘をみると叱られたのがわかるのか、不安そうな顔でこっちをみている。上目づかいに目をうるませている。その顔を見た瞬間、「もう、こんなかわいい顔は反則だよ」と、ギュッと抱きしめている。何で怒っていたのかわからなくなるぐらいいとおしい。介助に疲れきって、私の人生って何なのと、かなしくなって気持ちが沈みそうになったとき娘をみると、笑顔だった。仔猫のような丸い目は笑うとなくなる。半円を描く線になるのだ。その顔もまたかわいい。私は「ハハハ」と声をだして笑い、ムギュッと力いっぱい抱きしめてしまう。「こんなにかわいいならまぁいっか」。マイナスに振れそうになる私の気持を戻してくれる最高の笑顔だ。

でも毎日の中でまた怒ってしまう。障がいがあるからしかたがないと思っていても、疲れて「何でこんなことするのよ」と怒り、「この子に障がいがなかったら」と思う。そして、娘の笑顔で、怒りや疲れがしぼんでいく。そのくりかえしの毎日だ。不安もある。私たち親が死んだら娘はどうなるのだろう。自立ができていないこの子は、誰が面倒みてくれるのだろう。将来のことを考えると不安ばかりだ。でも、忙しすぎる毎日の中、あまり深く考えられないし、不安になっても娘の極上の笑顔で、どうにかなるさと思えるのだ。こう考えると私は娘に結構助けられているのかもしれない。

私は自閉症の娘のことをいつも、障がいがなかったらと考えてしまうだめな母親だ。養護学校のママ友のように習い事もさせていないし、教材を用意し、家で一緒に勉強してもいない。自分の人生も多いに楽しみたいと思い、娘中心の生活がたえられないときもある。しかし娘のかわいさと笑顔で、まぁいっかと思う。そのくりかえしの毎日だ。立派なお母さんにはなれない。なろうと思ったときもあったけれども、無理だった。もう無理はしない。こんな毎日でもいいと思っているし、こういう生活しかできない。優しいけれども仕事が忙しい夫は手伝ってはくれないが、「頑張ってくれてありがとう」と声をかけてくれる。息子は食事の後、たのんでいないのに必ず娘の口元をタオルで拭いてくれる。妹思いのとても優しいお兄ちゃんに育ってくれた。

私はしあわせなのかもしれない。優しい家族に囲まれている。娘は障がいがあるがかわいい。しあわせな家族だ。夫、息子、娘にありがとうと思う。こう思っても私はまたきっとくり返す。「障がいがなかったらいいのになぁ」「かわいいから、まぁいっか」それでいい。無理はしない。

藁をもつかむ

M・N

「どうかショックを受けないでください。お子さんは自閉症と思われます。さらに、一年の言葉の遅れがあります。これは脳の障害のためで一生治ることはありません」

一八年前の医師の言葉を、今でもはっきり覚えています。

一歳半健診で、発語がないこと、よく動き回ることを指摘され、当時住んでいたT市の発達相談に行くように言われました。相談室では、市の担当者、医師、言語聴覚士の方々がおられ、出産から今までの発育歴を聞かれ説明しました。それから、医師の診察があり、数十分後待っていると、医師から自閉症と思われること、言葉の遅れがあること、そして、できるなら、知的障害児施設「Y学園」に通園したほうがよいことを告げられました。

私と妻は、ぼう然として、状況が理解できないまま、一人息子のマー君を連れて、三人で家に帰りました。

当時は、現在のようなインターネットもなく、本屋さんで、「自閉症」、「発達の遅れ」の本を買いあさり、読んで調べました。「自閉症とは、言葉のイメージとは異なり、コミュニケーション全般の障害であること」「『男の子は言葉が遅い』とはよく言われるが、障害の可能性もあるので早い段階で診断を受けたほうがよいこと」など、大変な病気であることにやっと気づきました。

次は、藁をもつかむ思いでのドクターショッピングが始まりました。近くの有名な小児科や大学病院を何箇所も受診しました。しかし、どこでも言われることは同じようなことでした。結局、K病院小児科の先生に詳しく診察していただき、「CTの結果は問題ないので、自閉性精神遅滞でしょう」と診断され、この病院に通院することになりました。その帰り道、電車で、マー君が、ぐったり（CTを撮ったときの睡眠薬の影響ですが）している姿を見て、医師の先生のアドバイスどおり、早く療育をするほうが大事だと決心し、「Y学園」に通園させる覚悟ができました。

「Y学園」は、当時では発達障害児の療育に関して、非常に進んでおり、また、身体障害児・ダウン症などの障害別に部屋も区切られ、それぞれに適した療育をされていました。とくに、言語聴覚士（実は市の相談室にこられていた先生）の指導がよく、マー君の「ことばの発達」も順調にいっていたと思いました。「Y学園」の通園バスは、自宅まで送迎してもらえました。しかし、近所の目を気にして、少し離れたところで、送迎していただきました。それでも、施設に通園している噂は、自然と伝わっていたようです。

通園を始めて一年が経ち、マー君が三歳になった頃、私はK市へ転勤になりました。マー君も、K市の知的障害児施設「N学園」に転園しました。こちらは、施設も古く、専門の言語聴覚士の先生もおられず、その施設の体制の差に、愕然《がくぜん》としました。

今でも、妻は、「あと一年T市の『Y学園』に行かしてやりたかった」と悔やんでいます。

K市の「N学園」への通園は、自宅から市バスで地下鉄の駅に行き、電車で三駅乗り、そこに通園バスが送迎に来てくれます。以前のT市の自宅までの送迎とは大きく異なり、送迎バスに乗るまで一時間近くかかる大変長い道程になってしまいました。じっとしていないマー君を連れての通園は、妻にとって、肉体的にも精神的にも大変な労力を必要としました。

しかし、その反面、一〇人ほどの集団送迎になったため、妻はほかのお母さんたちと知り合いになることができ、親しくなっていきました。そして、いろいろな相談もできるようになり、同じ悩みをもつお母さんたちとつながりがもてるようになり、ある種の安心感をもつことができたようでした。

マー君は四歳になり、「N学園」への通園も終わり、市立の幼稚園に通いました。幼稚園には、両親で事前に相談に行き、マー君のために、加配の先生もついてもらえるようになりました。K市では、幼稚園から加配の先生をつけてもらえる制度があり、こういう点では市の支援には感謝しています。この頃（平成一〇年頃）から、行政のLD・発達遅滞・自閉症に対する支援体制が始まってきたように思います。

マー君は、四歳頃から多動がひどくなり、外出するときは、いつものように、迷子センターにお世話になっていました。二〇歳になった今でも、時々、神隠しにあったように、行方不明になることはありますが。

小学校に入学した頃が、多動のピークでした。

入学式で、突然、会場の体育館の階段を登り、二階の窓際の廊下を走り出しました。あわてて、先生が追いかけて、取り押さえていただきましたが、先生方・生徒・父兄の皆さんは、唖然としていました。私たち夫婦は、ぼう然と見ているしかありませんでした。

入学式の翌日、学校の朝礼があり、全校生徒の前で、突然、朝礼台にのぼり、マイクをもって、「アーアー」とやってしまいました。これで、全校生徒の有名人になってしまいました。

小学校の間は、多動でじっとしていることができず、トラブルがあってはいけないので、学校へは母親が毎日送り迎えをしていました。特に、授業参観・運動会・音楽会などの学校行事は、夫婦で見学に行き、はらはら、どきどきの毎回でした。

マー君は、あまり勉強ができないので、妻は、当時入会していた「LD親の会」で「算数教室」があり、それに参加して、ビー玉を使って、「5個から2個取ると、残り何個?」など、苦労しながら教えていました。すると、少しずつ理解できるようになっていきました。

学校の様子は分からず心配でしたが、幸いなことに担任の先生が、理解ある熱心な先生で、適切に対処していただき、現在でも、感謝しております。また、子どもが、普通教室か仲良し学級に変わるか、などという相談にも、丁寧に対応していただき、「マー君は普通学級でいきましょう」と指導いただいたことも励みになりました。

マー君には、一つ取り柄がありました。いわゆる「カレンダーボーイ」で、「一二月二四日は何曜日?」「金曜日!」と、見事正解します。これも、学校で有名になりました。

しかし、小学校・中学校では、コミュニケーションの苦手さから、友だちはできず、休憩時間や放課後は一人で遊んでいました。また、本人は親が学校のことを聞いても何も言いませんでしたが、近所のお母さん経由で聞いたことによると、いじめにもあっていたようです。

小学校二年のころ、以前通っていた「N学園」のお母さん方も、子どもに友だちができない、近所の目が気になる、親子だけでは公園でも安心して遊べない、という悩みをもたれていて、そのようなことから、「放課後にみんなで集まって遊ぶ会」を作ろうということになりました。

障害のある、LD・発達遅滞・自閉症・ダウン症の子どもたちでしたので、お母さんたちも、同じ悩みをもち、話し合うことができ、自然と絆が強いものとなっていきました。

「放課後にみんなで集まって遊ぶ会」は、最初は一〇人ほどでしたが、だんだん規模が大きくなり最大で八〇人にもなりました。また、支援のボランティアさんを広報で募集をすると、大学生、主婦、元教員の方々が大勢応援に来てくださるようになり大変助かりました。

さらに、NHKから助成金をいただくことができ、地方紙やテレビでも紹介されるようになりました。大学の医学部の教授も見学に来られたこともありました。

そして、放課後だけでは時間が足りず、集まりにくいので、土曜日にみんなが集まって遊ぶようになりました。また、年に一度は、集会場をかりて、カレーパーティーやクリスマス会をするようにもなりました。この「放課後にみんなで集まって遊ぶ会」の会は、子どもたちが中学を卒業するまで、六年ほど続きました。
そして、最後の会でのクリスマスは、ハンディをもった子どもたちと、その両親、そして、ボランティアで支援していただいた多くの方々で盛り上がり、今でも忘れられない大切な思い出となりました。

高校に進学する一五歳のときに、私が転勤することになり、家族でO市に引っ越しました。

当然のことながら、どの高校に入学するか、大変悩みました。このころ、高校にも公立支援校や私立のサポート校ができはじめ、いろいろ見学に行きました。同時に、説明会やインターネットで情報を集めたりもしました。結局、学校の選択は、「LD親の会」のお母さんからお聞きした情報が一番頼りになると信じ、通信制の某私立高校に入学しました。

この高校は、マー君とよく似たタイプの生徒も多いようで、先生の面倒見もよく、困ったことには親身になって相談にのっていただけました。

マー君は、この高校が気に入って、いじめなどもなく、安心して通えるようになりました。この学校は通信制ですが、週五日通学で、三年間一日も休むことなく、なんと皆勤賞をいただきました。また、高校の授業は中学の基礎からのやり直しで始まり、その後は、得意な分野の資格を取得する指導がされていました。それで、漢検三級・簿記二級等を取得することができました。このような子どもの様子を見て、親もやっと余裕をもつことができるようになりました。

大学は、高校の推薦もあり、某私立大学に進みました。その大学は、特別支援制度があり、一般の授業を受けながら、少人数でコミュニケーションやソーシャルスキルも学んでいます。三回生になる今年の春休みには、大学の「障害者インターンシップ」に参加し、スーツを着て、会社に二週間、通勤しました。

最近は、自閉症などの障害者に対する学校教育は、特別支援制度により改善されてきました。また、企業も、行政の指導により、障害者枠を増加させ、特に精神障害者枠を増やすなど就労環境が改善されてきているようです。このような福祉制度の充実には感謝しております。

しかし、一番大切なことは、世間一般の人たちに、障害を個人の個性として理解してもらい、普通に暮らせる社会になることだと思います。

今年二〇歳になった、彼の今後の成長が少しずつ楽しみになってきました。

三つの輪（スペクトラム・ADHD・LD）のまん中で

R・K

　Tが小学校に入学した四月の家庭訪問のとき、担任の先生から、「Tさんはひらがながまったく読めないし、書けません」「先日も図工のとき、みんなが粘土をしているのに、机に突っ伏したまま何もしようとしないので、〝Tさんも早く作ったら？〟と声をかけたら、〝何をしたらいいか分からないので……〟と言うので、〝黒板に書いてあるよ〟と言うと、〝あぁ、僕は読めないからいいんです〟とケロッとした顔で言うんです。〝すきないきものをつくろう〟って書いてあったんですけど……。どうしましょう？」と言われました。「どうしましょうって言われても、どうしましょう……？」と答えました。

　先生がおっしゃるには、たいていの子は入学時、ひらがな、カタカナは、書けなくても読むことはでき、自分の名前くらいは書けるのだそうです。でもTは、読めない、書けないどころか、読もうとしない、書こうとしないレベルで、しかもそのことにまったく引け目を感じている様子がない、ということでした。

　〝あぁ、そういえば、二つ年上のお兄ちゃんは幼稚園の年中さんの夏休み、〝おけいこ〟

と題された宿題と一緒にもらってきた五十音表を見て自分で勝手に練習しはじめ、そのうち覚えて書けるようになったのに、Tはまったく火がつかず、名前の練習をさせるのも一苦労だったなぁ……、と思い出しました。〝でも口はお兄ちゃんよりずっと達者だし、頭の回転も速い方だし、幼稚園で参観日にやったカルタも上手に取っていたし……。あのカルタは絵だけで取ってたのか？　そういえば、『お』の読み札を聞いたとき、『ねしょうべん』の絵の札を取ってたな。おねしょだと思ったんだ……。〟ポツポツとした記憶をつなぎ合わせながら、だんだん心臓がバクバクしてきて、冷や汗がにじんでくるようでした。

〝ひょっとして、ＬＤなの？〟　彼の特性について〝ヤバイ！〟と本当に実感したのはこの時でした。〝何で気づかなかったんだろう？　すでに発達障害と診断されているお兄ちゃんのことがあったので、自閉症スペクトラムやＡＤＨＤについてはしこたま勉強してきたつもりだったのに……。ＬＤとは盲点を突かれてしまった！〟まさに青天のヘキレキでした。

それからあわてて学校のコーディネーターの先生に相談したり、通級指導教室を申し込んだり、〝この子の何が問題なのか？〟探しが始まりました。すぐにお兄ちゃんがかかっている発達専門のクリニックで受診を予約しましたが、当時特別支援コーディネーターをしていた先生が素早く動いてくださり、「あわてて白黒つけなくても、今できる支援をしていきましょう」と、まずはひらがな、カタカナが書けるようになるように、放課後にマンツーマンの補習を始めてくださいました。まずは大好きな恐竜の絵をノートに描き、できたらその名前をカタカナで書きこむというやり方で、文字に対する興味や、書けるようになりたい！　という気持ちを高めていってくれました。カタカナを先にやったのは、クラスで習う前に先取りして、本人に余裕をもたせるためです。最初は一文字一文字、まるで図形か何かを模写するように、ゆっくり丁寧に書き写していましたが、そのうち結構なスピードで書きなぐるようになりました。当然字は形が崩れ、読みにくくなりましたが、先生は、「形が頭に入った証拠。良かった！」と喜んでくれました。〝ほーっ！　そういうものなのか……。〟目からウロコが落ちる思いで、驚きながらも安堵しました。はどなくひらがな、カタカナは時々間違うものの、何とか書けるようになってきました。

でも、書けるようになるのと読めるようになるのはまた別物のようでした。一年生といえば、まず音読の宿題が出ますが、読むのは本当に辛そうでした。Tはひらがな一つひとつを暗号を解読するように読んでいました。横で見ていて目が点になり、口があんぐり開きました。やっとの思いで一行読み終えると、「何だよ！　意味分かんねぇよ！」と半泣きで怒っていました。拾い読みのスピードが遅すぎて、意味をとれなかったようでした。私が普通にしゃべる速さで同じところを読むと、「あぁ、そういうことか」とすぐに理解できるのですが……。〝これはえらいことになってしまった……。〟息子と一緒に私も青ざめました。音読の宿題は、私が読むのをちゃんと聞いていたらＯＫ！　にすることにしました。Tは耳で聞いた話はよく理解でき、小さい頃から本を読んでもらうのは大好きだったので、寝る前の読み聞かせで教科書を読んでやろう！　と試みましたが、すごく嫌がられました。でも、先生方の理解と支援のおかげで、一年生はなんとか終了しました。

二年生になって、登校渋りの兆候が出てきました。頼りにしていたコーディネーターの先生は、定年退職されていました。Tはお友だちと遊ぶのは大好きだったのですが、学校に行くとお腹が痛くなるという日が続きました。そのうち、「勉強が分からない……」「頑張ってるから疲れてるんだよ！」「休みたい……」と言うようになりました。四月の新年度の頃は張り切って頑張るのですが、夏休み前には息切れし、休み中にまた充電して、休み明けには宿題や工作を持ってゴムまりのように飛び跳ねながら登校するのですが、それも最初の二日間だけ。三日目からは、「もう学校やめる！」と渋りだします。この流れを二年、三年の二年間繰り返しました。この頃のTは、私が送っていくと学校の門の中までは入るのですが、教室には入れず、昇降口の横の池や花壇で大好きな生き物を見ながらよく過ごしていました。ありがたかったのは、それに気づいた教頭先生たちが、無理に教室に行かせたりせず、相手をしてくれたり、職員室で勉強をみてくれたりしたことです。用務員のおばさんとも仲良しでした。折り紙を教えてくれたり、校内の仕事のお手伝いをさせてくれたり。とりあえず、〝学校は毎日行くもの〟と思ってほしいと考えていたので、この学校の対応には感謝しました。とはいえ、本当に辛そうで行き渋った日は、思い切って休ませました。

この頃には兄もかかっているクリニックで、Tも〝アスペルガー症候群で、ADHD・LDを併せ持つタイプ〟と診断されていて、私も少し腹がくくれてきた頃でしたが、まだまだこの子をどう支援してやるのがいいのか……？　と日々模索していました。

家では、毎晩コロコロコミックというマンガ本を読み聞かせていました。Tが、お友だちの間で流行っていると聞いてねだってきたのですが、自分では読めないので、一日一話、ベッドに入ったら私が読んでいました。本人が「今日は頑張った！」という日は二話読んだりしました。「ガキィーン！」「バァーン！」「ドゴォーッ！」と、擬音語のオンパレードでいいのかなぁ……？　と思いながらも読み続けて一年過ぎた頃、「お母さん、キィーン！　じゃなくてギュイーン！　だよ」と、私の読み間違いを指摘してきました。なんということでしょう！　間違いに気がつけるほど、文字が目に入ることに慣れて抵抗がなくなってきているんだ！　と感じ、とても嬉しく思いました。二年が過ぎた頃には、私がお風呂で本を読みながら半身浴をしていると、Tもマンガを持って入ってきて、一緒に読書をするようになりました。これもまた嬉しい成長でした。

Tが大きく変わったのは四年生のときです。この年は四月から教室からの抜け出しが目立っていましたが、先生方と相談したところ、職員室の空いた机をT用にしてくださり、いつでもこれるようにして、苦手な国語や算数をみてくださるようになりました。机の上には彼の好きなメダカやカメなどの水槽も置かれていました。担任の先生と教務の先生が一日ごとのスケジュール表を作って毎朝持たせてくださり、Tはそれにそって自主的に教室と職員室を移動していました。夏休み前には、勉強をみてもらう場所をサポート級の教室に変更してもらうことにしました。また、休み明けの九月から、頭の中の多動を抑えるため、薬を飲みはじめました。教頭先生から、せっかく勉強に取り組んでも、色んなことが頭に浮かんで集中できないみたいだと教えていただいたからです。幸い薬が合ったようで集中力が増し、勉強も個別に教えてもらえば分かるので、Tも段々自信を取り戻していきました。登校渋りもグンと減りました。自信がついてくると、元の四年生の教室でも落ち着いて過ごすことができるようになってきました。誰とでも遊べるのはスゴイ！　と担任の先生にも言っていただき、友だちと過ごす楽しさを再認識したようでした。先生が個別に出してくれる宿題にも、少しずつ取り組むようになり、〝ああ、この子も本当は勉強したかったんだ！〟と実感しました。読むのも書くのも苦手なので、ほかの子よりずっとエネルギーが必要だっただけなのだなと分かりました。この時期、彼の負担を少なめにするよう、お願いしたこと以上のフォローをしていただいたと、担任の先生、教務の先生方には本当に感謝しています。四月には鉛筆を握るのも嫌がっていたことを思い出し、よくここまで戻ったものだと感涙ものでした。

五年生の今、Tはサポート級に籍を移し、国語と算数はサポートで、その他はほぼ五年生の普通級で過ごしています。送り迎えはするものの、毎日渋らず、元気に学校に通っています。五月二五日は運動会でした。五、六年生有志の応援団員として、紅組を応援しました。長い鉢巻が良く似合って、かっこ良かったです。

まだまだこれから大変な場面は出てくるのでしょうが、やっと彼がどんな世界で生きているか分かってきたように思う今は、〝Tはよくやってるよ。やっぱり我が子はかわいいな〟と、これからの成長が楽しみです。

胡瓜の歌が聞こえる

天宮秀俊

逃れることは叶わぬ現実

「お話しておきたいことがありますので、一度、園の方へお越しいただけますか？」

子どもが三歳になった春だった。通わせている保育園の園長先生から直々に電話があった。

そして、僕と妻は、園長の話を聞くために、二人で保育園を訪れた。

「本日はわざわざお越し下さいまして」

「いえ、こちらこそご連絡いただきまして感謝いたしております」

「早速ですが、お子さんの直也君のことなのですが……」

素直な心でまっすぐに成長してほしいという願いから、僕と妻は、その子は直也と名づけた。

「あくまでも、私たちの経験からなのですが、どうもその行動に、ある兆候が見られます。一度正式に検査に行かれた方がいいですよ」

「ある兆候？」

妻の顔には動揺は隠せない。園長は話を続ける。

「区役所の健康福祉課に児童相談窓口がありますので、そちらで相談してください。わたしが書状を書いておきますので」

少し、ほかの子より言葉が遅い。少し、ほかの子より落ち着きがない。こちらの言うことが聞こえない、もしくは反応しない。両手を頭ぐらいの高さまで上げて、ひらひらと動かす。高いところに登るのが好き。水道から出る流水に目を近づけてずっと見ている。一つの物にある種の強いこだわりがあり、それが自分の思い通りにならないとき信じられないほど大きな声で泣き叫び、拒絶行動を取る、などなど。

妻は、今まで直也のそんな行動を、変だと思うことはあったようだ。そして、もしかしたら……という不安をもってはいたが、母親として誰もがそうであるように、決してそれを受け入れることはなかった。しかし、一番の問題は、僕自身が、それまでまったくわからなかったということ。それは僕自身が仕事にかまけて今まで育児放棄していたことを露呈したかたちとなった。

区役所の児童相談窓口から、市立総合医療センターを紹介されて、僕たちは早速、直也を連れて検査に向かった。

『自閉的傾向』これがカルテに書かれた検査結果だった。

子どもがすべての幸運な未来の鍵だと信じていた妻にとって、この事実は、まさに青天《せいてん》の霹靂《へきれき》だった。

本当は思ってはいけないことなのかもしれないけれど、「なぜ、うちのだけ子が？」と考えるのは、子を思う親ならば、誰でもが思ってしまうこと。たとえ、千人に一人でも一万人に一人でも関係ない。

僕や妻は、それは遠い世界の話であると思っていた。本やテレビの中の話だと思っていた。

しかし、僕と妻に突きつけられた問題は、紛れもなく逃れることはできない現実だった。妻は身に降りかかった事実を悲劇と受け入れ、そこからまたさらに苦悩の日々がはじまり、僕は、まるで他人ごとのように、その様子を傍観していた。

検査結果を聞いた帰り道。妻が僕に呟いた。

「いくら話しかけても反応せえへんから、もしかしたら、耳が悪いのかもしれへんって、わたし思っててん。……けど違った……なんでこんなことになったんやろ？　なんで？なあ……なんで？」

僕は、何も言えなかった。ただ口を固く閉じ、うつむいて歩道の継ぎ目をじっと見つめながら黙々と歩いていた。何か言ったところで、そんなもの一時しのぎのごまかしに過ぎず、何の慰めにもならないことがわかっていたからだ。でも……本当は、ごまかしでもウソでもその場しのぎでもいいから、何か甘い言葉をかけてやるべきだったと思う。子どもがきっと僕たちの未来に幸せを運んでくると願っていた妻にとってこれほど辛い現実はなかったのだ。

こどもの家

それから、僕たち夫婦は再度、区の健康福祉課を訪れ、そちらで紹介された、その地域の福祉施設に、現在入園中の保育園をやめて移ることになった。

『障害者福祉施設』今までの人生で、僕の認識の範疇にはなかった言葉。

いや、言葉は知っていたが、まさかうちの子が通うことになるとは。

「こどもの家」と名づけられたその施設は、小規模な保育園のような形態を取りつつ、障害児を養育する目的の施設ではあるが、健常の子どもも入所できる既存にはない不思議な施設だった。

障害の種類、程度もさまざま。ずっと寝たきりで、鼻からチューブを入れている重度の子もいれば、うちの子のように、一瞬もじっとしておらず、ふわふわとあちこち飛び回っている子もいる。

ヘルパーさんにとっては、寝たきりのお子さんより、逆に、ほんの一瞬でも目を離すと何をしでかすかわからないうちの子の方がよほど大変なように見えた。僕は、当初、なぜ健常の子どもといっしょなのか、とても疑問だった。

「もしあなたのお子さんが健常児ならば、障害者施設に入園させたいですか?」

差別ではない。意識もしていない。みんな平等だ。そう思っていても、実際はどうだろうか。

たとえば、交差点で信号を待っているときに、大きな声を出しながら暴れている知的障害者がいたら、声をかけて、事情を聞くことのできる人はいったいどれほどいるだろう。百歩譲って、はっきりと、からだのどこかが不自由があることがわかる障害者の方々。たとえば、足の不自由な車椅子の人、目の不自由な人、耳の不自由な人など。このような人には、積極的に手助けできる人はたくさんいるだろう。

けれど、知的障害、精神障害などの、目に見えない障害をもっている方には、何をしでかすかわからない恐怖心が先立ち、誰もが、かかわることを恐れる。恐い、気持ち悪い、というのが普通の感覚だと思う。僕も……やはりそうだったのだ。幼い頃から学校や、周りから、障害者等の弱者がいたら、親切にしなさいとそう教えられてきたはずだ。そんなことはわかっている。でもそれは頭で理解しているだけで、本当にその行動に出られるかどうかは、実は頭でなく、心から出る衝動だと思う。「大丈夫?」って声をかけてあげるのは、理解ではなく、態度なのだ。つまり、その温かい血の通った心が、その人を揺り動かすのだ。僕の欠落した心が、ここでもみごとに露呈してしまった。壁を作っていたのは、誰でもない、自分自身だった。今思えば、この事実に気づかせてくれただけでもとても有り難い。しかし、当初は、まだ、そんなわが子のことさえ、堅く閉ざした僕の心には届かなかったのだ。理解して認識することと、それを受け入れることはまったく違う。受け入れない限り、ずっと苦しむことになるのに……。

こどもの家ではさまざまな季節イベントが催されたが、僕はほとんどそれには参加しなかった。それどころか、スタッフの顔さえ、名前さえまともに知らない。正直、あそこへは行きたくなかった。できるだけ、触れたくはなかった。すべて妻に押しつけて、自分は、まったく知らぬ顔。最低の父親だった。

直也の障害は、ますます手に負えなくなってきているというのに、いつも僕は逃げてばかり。

そんな妻の精神状態はいつも、限界ぎりぎりだった。しかし、その施設に通うことで、唯一の救いは、妻にも多くの友達ができたこと。こどもの家は、本当の意味での助け合いの精神で溢れていたからだ。

崖っぷちなのはみんな同じだという変な共通意識の連帯感で結ばれている。受け入れなければ、死ぬしかない。そこに通うほとんどの人たちが、子どもを殺して自分も死ぬことを考えたのは決して一度や二度ではない。みんなが本当に真剣だった。それぐらいぎりぎりのところで生きていた。

そして、その状況を受け入れて、そこを乗り越えることができた多くの先輩たちに支えられ、励まされて、ようやく、妻もゆっくりと歩き出そうとしていた。もちろん妻も例外ではなかった。それまでは、絶望の淵にあり、直也といっしょに死ぬことばかり考えていたのだという。そんな妻を、情けないことに、僕は知らなかった。いや、うすうす感じてはいたけれど、かかわりたくはなかったという方が正しい。

では、僕はいったい何をしていたのかというと、僕は僕なりに、模索し、何とか状況を改善しようとしていた。ネットや本でいろいろ障害に関する知識を学ぼうとした。先人たちがやってきた成功例や、学習方法などを調べて試そうとしていた。

……でも、何か違う。

調べた方法を、実践するのはいつも妻。こうやったらいい、とか、あんなことも有効らしい、とか、僕はどこまでもどこまでも、まるで他人事のようだ。もちろん、いっしょに生活するうえで、必要不可欠な手助けは喜んでした。しかし、それは、必要不可欠だからだ。必要不可欠な手助けをすることと、愛することはまったく別物だ。何かハプニングが起きて、咄嗟《とっさ》に助けが必要ならば、それは知らない赤の他人でもできる。……僕は、他人なのか？　どうやったら本当の夫に、どうやったら本当の父になれるのか、その方法すら、わからないでいたのだ。ただ何も考えず、心の衝動をそのまま行動に移せば良いだけなのに。

でも、このあたりから、ほんの少し、何かが変わりはじめていた。僕は、父になりたかった。本当の父に、なりたかったのだと思う。僕は、心と頭脳の距離に、少しずつ、戸惑いを覚えはじめていた。

割れたコップ

多動症、パニック、自傷、など、この頃の直也はますます手に負えなくなってきた。児童相談所でいただいた、療育手帳はもちろん最重度のA判定。まず、何が一番困るかというと、意志の疎通がほとんどできないこと。いくら呼びかけても一向に返事をしないので、最初は本当に耳が聞こえないのだと思った。しかしそれは違った。外界から入ってくる音を選別することができなかったのだ。外界で聞こえるすべての音を脳が一生懸命そのすべてを認識しようとしていたのだ。普通、人は雑踏の中でもちゃんと会話ができる。

それは必要な音源のみを脳が識別して、あとの不必要な音源は聞こえないようにする能力の賜物だ。だから人は基本、一対一でしか話ができないようになっている。また直也は、三歳にもなって、言葉の遅滞は著しく、ほとんど言葉にならなかった。

はい、いいえ、どころか、首を縦、横に振ることすらできないこともあった。嫌なときは、大声で奇声を上げるか、パニックを起こす。

それでもこっちが理解できなければ、自分で自分の頭を叩くなどの自傷行為に及ぶ。何が欲しいのか、何が不快なのか……それさえわかったら。

ここで一番大切なのは、親の根気だった。直也は、いつも僕たちに何かを発信している。何度も何度も果てしなく繰り返される、このやり取りに根負けするとどうなるか……。育児ノイローゼになり、親が精神を病む。いくら言ってもわかってくれない子どもに、親がキレる……。

お決まりのコース。状況は、まったく余談を許さなかった。もう悠長なことは言っていられない。止めなければ……。今思えば、なぜもっと早く手を打たなかったのだろう。

僕は仕事から帰って来ると、直也はいつもテーブルの下に隠れていた。直也のそんな行動を不思議に思い、僕は妻に聞いてみた。すると、「この子はテーブルの下が好きなんや」と妻は僕に言った。

僕は、それも障害からくる症状なのかと思っていた。でも違った……。

ある夜、食事をしているときのこと。

直也は、何か気に入らないことがあったのか、何かをわかってほしかったのか、テーブルの上のコップをひっくり返して、入っていたジュースをそこらへんにぶちまけた。

それまで、まったく言うことを聞かず、ちっともじっとしていなかった直也に対して、妻の怒りはそのとき、頂点に達した。

「もう、いややぁ！！」

そのコップを力まかせに、壁に投げつけたのだ。派手な音とともに、コップは見事に粉々に砕け散った。

その様子を見て、テーブルの下に逃げ込む直也。

それで、僕はやっと、直也が、なぜいつもテーブルの下にいるのか理解した。キレた妻の怒りの矛先から、難を逃れていたのだ。ちょっと考えればすぐに察しがつくことなのに、その頃の僕ときたら、鈍感というのか、いや、やはりまだどこかに無関心があったのだ。

直也の前で、ちょっと手を上に挙げるだけで、反射的にビクッとしてからだを丸くする。

僕は、直也を叩こうとする気持ちなどまったくないのに、直也のその反応を見て、それはこの障害がもつ、防衛本能の強さからくる、自然な反応だと思っていた。そんなことは、ある訳もなく、それが自然ではなく、妻に条件づけされた反射だと、今このときまでわからなかった。

妻が泣きながら呟く横で、僕はただ黙々と割れたコップを片づけていた。

「もう、いやや、こんなんいつまで続くのん？　もう死にたい……」

さすがに鈍感な僕でもこれは効いた。何とかしなければ……。

ママに出会えた日

僕はたまたま調べていたネットの自閉症関連サイトである記事を目にした。感情と言葉が結びつくように根気よく言葉かけをする方法で、たとえば嫌な感情を感じたときに子どもに「いやって言ってごらん」と繰り返し言うことで発話が生まれるというものであった。

直也は、よく繰り返し同じビデオを飽きることなく見ていた。『おかあさんといっしょ』のビデオだ。これを見せてさえいれば、取りあえずはおとなしい。このテープも、もう二本目だ。一本目は、見すぎて、磨り減って映らなくなってしまった。凝りもせず、じっと食い入るように画面を見ているとき、外出のために声をかけるなどすると、大声で奇声をあげ、パニックを起こしてしまい収集がつかなくなる。そんなとき、直也は「いや」という自分の気持ちを伝えることができないのだ。そんな直也に対して、

「直也、嫌って言うてごらん、嫌やって！」、妻が言う。

はじめは言葉にはならなかったが、そこで生まれた感情とその感情を表す言葉を結びつけることをその後も繰り返し根気よく続けた結果、少しずつ直也は意思表示の言葉を覚えることができた。

それからしばらくして、何かがほしいときは、たとえそれが何であるかすぐにわかっても、それを直也にあげる前に、その物を直也の目の前に持って行き、何度も大きな声でゆっくりとその名を言って聞かせた。

そしてある日……、

「あぃす……」直也が炊事をしている妻に向かって小さな声で言った。妻は驚き、直也の方を向いて信じられないという表情で言った。

「直也！　アイス？　アイスがほしいのん？」

「あいすあいすあいすあいすぅーーーーー」泣き声交じりに同じ言葉を何度も繰り返す直也。

妻は、慌てて冷凍庫からアイスを取り出して直也に渡し、それを受け取った直也は、ピタッと泣き止んでにっこり微笑んだのだ。それは、初めて直也が、自分の要求をきちんと言葉にして伝え、それが受け容れられた瞬間だった。その時、直也の世界は大きく変ったのだ。それ以降、直也は、目覚しい早さで自分の求める物の名称を次々に覚えていった。それは、直也の作り出した、だだっ広い世界の中を今までたった一人で彷徨《さまよ》っていた彼に、僕たち夫婦がようやく出会えた瞬間でもあったのだ。

そして、ある日のこと。

「直也が、わたしのこと、ママって呼んでくれてん……」

妻は、嬉しそうに僕に知らせてくれた。もう彼女は大丈夫。生きていける。直也も大丈夫。いっしょに生きていける……。こうして、ようやく僕たちは、少しずつ前に進み出した。

火傷

それからしばらくたったある平日の午後のことだった。僕は会社で、電話対応に追われて右往左往していたとき、デスクの隅っこに置いてある僕の携帯が勢いよく振動で震えた。

得意先と電話で応対していたのでそれには出ることができず、ちらっとそのディスプレイ表示を見遣ると、『天宮自宅』になっていた。（おいおい、なんやねん、この忙しいときに……取りあえず、今は出られない。）そう思ってしばらく放っておいた。すると、となりの席の同僚が、血相変えてこっちに受話器を持って来た。

「おい！　奥さんから電話や、うち、非常事態らしいで！」

（またまた、何をやらかしたんや……）僕は舌打ちして、受話器を取った。

「はい、もしもし」

「あんた、大変や！　うちが火事になってしもた！」

思い切り動揺して、慌てふためいている妻の様子が感じ取れる。

「火事って、どんな？」僕はあくまで冷静に対応するが、内心かなりビビッていた。

「直也が、直也が、カーテンにチャッカマンで火をつけてん！」妻の声は叫びにも近い。

直也を含め、自閉症の子どもは、水や火といった常に一定の形はなく、その形状がずっと変化する物に対して異常なほど興味を示す傾向があるようだ。水道から出る水などは、放っておいたら、目をギリギリまで近づけて、飽きることなくずっと見ている。いつかきっとこんな日がくるのではないかと思っていた。僕は、取る物も取りあえず、後のことは同僚に任して家へと急いだ。

慌てて家に戻ってみると、うちの前に数台の消防車と救急車が赤色灯を回して停まっていた。けっこう野次馬が集まってきている。これはただごとではない感がした。

「あー帰ってきはった！　旦那さん帰ってきはったわ！」

僕の顔を見るや近所の顔見知りのおばちゃんが駆け寄ってきた。

事の次第は次のとおりだった。

その日、こどもの家から帰ってきて、妻は、キッチンで夕食の支度をしていた。その間、直也は、ずっと、いつもの、おかあさんといっしょのビデオを見ていた。しかし、いつの間にか、置いてあったカチッと押すタイプのライターを持ち出し、寝室のカーテンに自分で火をつけたらしい。化繊のカーテンは、あっという間に火が付いて、天井まで火の手は上った。そして、天井の火災センサーが察知して、警報が鳴り響き、慌てて妻が寝室に入ったとき、天井まで焦がす勢いのカーテンの炎を、直也は、ただぼんやりと見つめていた。妻は、見つめる直也を押しのけて、咄嗟に、燃え上がるカーテンを、自分の素手で掴んで無我夢中で叩いて火を消そうとした。おかげで、直也には怪我はなく、火災はボヤで済んだ。しかし、妻のその手は、全治一か月のひどい火傷を負ってしまった。燃えさかるカーテンを、素手で掴んで叩いたのだから当然だ。しかし、手の火傷よりも、妻の心はもっと傷ついていた。警報を聞きつけて、助けにきてくれた近所の人の前に大声で、直也を怒鳴りつける妻の姿があった。激昂《げっこう》する妻の右手は火傷による酷い水ぶくれができていたが、今はまったくその痛みを感じていないようだった。どかどかと部屋に入って来た、宇宙服のような防火服に身を固めた消防署員の姿に直也はさらに驚き、パニック状態になった。

僕は、その後、救急車で病院に搬送される妻を後ろ髪引かれる思いで見送り、現場に残って、泣いてパニック状態になっていた直也を抱き上げて「もう大丈夫、もう大丈夫……」と頭を撫でてやった。

よほど恐かったのだろう。直也は僕にぎゅっとしがみついて離れない。救助に来てくれた近所の方々に、騒ぎを起こしたお詫びとお礼を言って、その場は丁重に引き取ってもらった。事情聴取は、当事者の妻が病院から帰って来てからということになった。焦げた酷い臭いのする部屋で、僕は、直也を抱いたまま座り込んだ。ふと上を見上げると、天井まで、真っ黒くすすがついていた。

とても……疲れた……。

病院にいる妻のことを、少しの間、考える余裕は僕にはなかった。そのとき、しがみついている直也が、しきりに何か言っている。

涙と鼻水でくしゃくしゃになった顔で、しきりに「ぱぁ、ぱぁ……」と。

僕を、呼んでいた……。

妻の右手が使えないので、家事は当分僕の仕事となった。それは嫌でもないし、不満でもない。当然のことだと受け止めた。役割分担？　本当はそんな冷たい言葉で片づけたくはない。

妻は右手に痛々しい包帯を巻きながら、それでも直也を自転車で送り迎えしてくれた。とても妻に感謝していたが、本当は心の中では、こどもの家の人たちに会わずに済んで助かったと思っていた。

妻の火傷は、こどもの家ではみんなから、名誉の負傷だと励まされた。

ここの人たちは、なぜこんなにもやさしいのだろう。何もかもすべてわかっている。その上で、きつい事も平気で言う。障害者であるという特別意識などまったくないし、また特別扱いもしない。

すべてが当たり前で、普通のことと受け入れている。ここに初めてやってきた人はほとんどが、『自分だけが不幸』だと、目の前の現実から逃げることばかり考えている。妻を病院に車で迎えに行った帰りに、妻は僕に言った。

「なんで直也はうちなんかに生まれたんか？　なんで直也は自閉症なのか、これから先、直也は、わたしらは、どうなってしまうのか……わたしな、初めはこんなことばっかり考えててな、もう何もかも嫌になってた。死にたいって毎日考えてた。けど、こどもの家で会った人みんな、わたしとおんなじような境遇なのにね、みんなみんな明るいねん。まるでその状況を楽しんでるように思えるぐらいにね。それでなんで？　って聞いたら……こう言わはったんよ。

……この世の中には絶対、障害をもった人が生まれてくる。それは人間だけやなくて動物もみんなそうなんやって。もしわたしのところに生まれてこなくても、ほかの誰かのうちに絶対生まれてるねん。

ということは、わたしらは、その子らに選ばれたんや。うちに生まれたら、絶対ちゃんと育ててもらえるって。あの子らはな、この世で一番神様に近い子らやねん。せやからあの子がうちに生まれるっていうことは、ものすごい幸運なことやねんて。それ聞いて、わたし、心のモヤモヤしていたのが、一気に、す～って消えたような気がしたんや。もう逃げんとこ、うちに来てくれてありがとうって」

これが、『乗り越えた人』なのかもしれないと僕は思った。あんなに苦しんでいた妻は、気がつけば、僕よりもずっと先に進んでいた。今度は僕の番だと思った。

どんなことがあってもこの子を、命に代えても守ってみせる。

ああ、この強い思いこそが、愛なのだ。なんだこんなことだったのか……自分は、以前より少しだけ、父になることができたような気がした。それを教えてくれたのは誰でもない直也だったのだ。

「あんた、なんか嬉しそうやな」妻がハンドルを握る僕の顔を見ながら言った。

「そうか？」

「うん。なんかええことでもあったん？」

「うん。あ、いや、これからあるんや。たくさんな」

前方の信号が赤で止まり、少し静かになった車内に、へんてこりんな、でも、とてもかわいいメロディが聞こえて来た。後ろのチャイルドシートの直也だった。

きゅうりはとんとんとん……きゃべつはきゃっきゃっきゃっ……

「直也、きゃべつは、きゃきゃきゃじゃなくて、ざくざくざくやろ？」妻が直也に言うと、直也はきょとんと妻の方を見て、そして再び歌い出した。

きゅうりはとんとんとん、きゃべつはざざざっ……

「歌……歌えるようになったんや……」

「そうやで、知らんかったん？　最近よく歌ってるで。こどもの家で習ってるんや」

そのとき、フロントガラスから見える風景が、涙でかすんだ。

本当に大変な毎日

上原かおり

私の長男拓真は多動で、長年療育に携わるベテランの先生でさえ、一〇年に一人いるかどうかの酷さと認められた子どもでした。

長男が二歳になる前、市の健診がありましたが、訪れた大部屋に用意されていた積み木等には目もくれずテーブルの上に飛び乗り、それらをすべて払い落したのです。

驚いた様子の保健師さんから発達相談をすすめられ、市の親子教室に月に何度か通いはじめました。言葉を発することなく、ただ泣き叫んでいるだけの長男。他の子どもは仲良く遊具を使って遊んでいるのに、長男はいつも一人で窓の外をずっと眺めていました。他人に興味を示さず、自分の世界に閉じこもっているように見えました。

半年が過ぎても長男の行動に変化はなく、保健師さんから支援施設のことを教えていただき長男は二歳七か月で支援施設に入園しました。

まったく言葉を話さない長男は、ただただ多動で衝動的。初日から泣き叫んで大暴れしていました。大人が言うことをきかせようとすれば、オモチャや椅子を投げつけ抵抗し、乱暴な行動しかとれません。私も見学中はずっとハラハラし、逃げ出したい気持ちで見守ることしかできませんでした。

信号に強い関心があり、散歩に行けば手をつないでいても、信号を早く見たいがために自宅から信号までは、大型犬でも連れているかのように走りっぱなしでした。ときには私の手を振りほどき走り出し、捕まえると大暴れが始まります。わざと後ろへ反りくりかえってアスファルトで度々後頭部を打ちつけました。出血したことすらありました。無理に起こそうとすると大声で泣き叫ぶため、通行人から遠慮なく浴びせられる冷たい視線。私の方が泣きたくなり、日々落ち込みました。

知らぬ間に自宅から出てゆき、何度も探しにもいきました。雨が降る中、主人と一緒に探し回り、上半身裸でバス通りの真ん中に立っていた長男を見つけたときには、安堵のあまり涙が止まりませんでした。

施設では相変わらずお友だちを突き飛ばすなどの暴力行為が止みませんでした。行為に出る前は、まるで獣が獲物を探しているかのような目つきで顔を動かさずに目だけが動き、ターゲットが決まれば一気に走り出し、突き飛ばす行為の繰り返し。まるで何かにとりつかれているようでした。

自宅では三つ年上の姉に対してもその行動は変わらず、髪を引っ張って泣かせ、背中を丸めて泣いていると、その上に飛び乗り何度もジャンプしてさらに泣かせました。

当時幼稚園の姉は、自分も大変な目にあいながらも障害を何となく理解し、私をよく手伝ってくれました。長男のトイレトレーニングには、一緒にトイレに入ってお手本を見せるなど優しく接し、可愛がってくれました。

私が疲れ果て、冗談交じりに「お母さん疲れたし、家出しようかな」と言ったところ姉は泣きながら「お母さん、家出せんといて。弟の世話は私がするから。家出したらいやや」と告げるや長男のところに行き「おいで。お姉ちゃんがだっこしてあげるから」と子守を始めたのには吹き出しそうになりましたが、幼いながらに弟の障害を理解し、私を助けてくれた優しさに、胸を打たれました。

長男は以前にもまして手に負えないことが多くなりました。キッチン、たんすなど、室内のあらゆる場所に登り、引き出しなどはすべて壊れました。私が座ると、首にしがみつき振り払って立ち上がると、足に何度も頭突きや体当たりをしてきます。イライラに加えて痛さが引き金となって、思わず手を出すことが増え、主人にとめられることもしばしばありました。多動が目に余り、主人が長男の両手両足を縛って動けなくしたり、自分と長男の足首を二人三脚のように結んで自由に動けないようにしたこともありました。

施設での面談で、先生から長男に望むことを質問され、「多動は減ってほしいが主人に対し、長男を縛るのは行き過ぎだ。可哀想だからやめてほしい」と告げました。それに対して主人は、「私がストレスで本当に虐待に走ったり、精神に異常をきたして家事全体が滞ったり、イライラの矛先が長女に向いて悪い影響を与えてしまえば、まさに家庭崩壊につながる。それを回避するためなら、ある程度の強制力を使うのは仕方ない」という意見でした。

男は外で仕事、女は家事が仕事とばかり決めつけ、妻が苦しみ悩んでいるときに、さっさとパチンコなどに出かけてしまう。そんな家庭ももちろんあるでしょう。それに比べれば一見乱暴ではありますが、家事の要《かなめ》である私のストレスを減らそうと手段を講じてくれた主人の気持ちも痛いほどよくわかりました。

先生からの同じ質問に対し、主人はしばらく押し黙った後、ゆっくり呟くような言葉で「何か一言でもいいから喋ってほしい」と告げました。主人は続けて「長男は相変わらず叫ぶ以外の言葉は言いません。体が小さい内はどんな子どもも喋らへんからいいんやけど、日に日に体は成長し、風呂上がりに体を拭いているときや、抱っこしているとき、ああコイツ大きくなってきたなあと嬉しく思う反面、大きくなってきたのに何で喋れへんのやろう。先生ホンマにいつか喋れるようになるんでしょうか」と告げながら、ポロポロと涙を流していました。結婚する前にも後にも、主人が泣いている姿は私にとっては初めてのことであり、しかも人前で泣くとは思いもよらず、私ももらい泣きしていました。

先生は噛みしめるような静かな口調で「大丈夫。きっと言葉は出るようになります」とおっしゃってくれましたが、そのときの私たち夫婦にとっては、どこか半信半疑で、何にでもすがりつきたい気持ちでした。

もちろん長男は私たち夫婦の願いを理解できる訳もなく、大変な毎日が続きました。長男と同年代の子どもたちは、大抵親の目の届く範囲にいます。私はその光景が不思議でなりませんでした。いつも泣き叫び暴れる長男を必死になだめている私。そして、周囲の無遠慮な視線。何で私だけ、というイライラが限界に達したとき「殺してしまおうかな」と、何度考えたことか。

ある日、主人が長男と出かけたものの、相当に振り回されたようで怒って帰宅しました。家庭内に最悪な空気が流れる中同じ部屋にいる主人から携帯にメールが届き「時々、殺してしまいそうになる自分がいて、せつなくなる。ずっとこの状態なら、将来を悲観して殺してしまうかもしれないと、一年に何度も考えて落ち込む」といった内容でした。私も主人も長男のことで心の中に天使と悪魔が交互に宿るようになり、考えることも同じでした。今にして思えば、あの頃が私も主人も限界ギリギリの精神状態だったと思います。

小学校を選ぶ時期になりましたが、地元の学校には行ってはならない。そんな風に思っていました。しかし施設の就学相談会のとき、市の教育委員会の先生に相談したところ「地元小学校の支援級に任せたらいい。きっと大丈夫」という意外な言葉が返ってきました。一方、地元の小学校に通う姉に、弟と一緒に通いたいかと意見を求めたところ、同じ学校に通いたい強い意志が確認でき、学校では支援級の先生に「弟が入ってもいいですか」と何度もお願いしてくれました。

地元小学校への入学も決まったある日、公園で遊んでいた姉が近所の子に「弟を連れてくるな。病気がうつる」となじられ砂を掛けられ、泣いて帰ることがありました。姉は「弟のせいで、こんな辛い目にあった。同じ学校に来てほしくない」と言い出したのです。いつか、こんな日がくるとは思っていました。その夜の家族会議で姉に「何か落ち度があるのか。障害をもっていることは悪いことなのか」と話し合った結果、姉は「弟を守ってやらなアカンから一緒に学校に行く」との決意表明をして、翌日弟を病気扱いした子どもに対して「今度言ったら許さへんからな」と一喝したそうです。

四月、長男は地元小学校の特別支援学級に入学しました。それは新たな奮闘の幕開けでもありました。初日から「学校、行かない」と自宅前で寝転び泣き叫んでいました。なんとかなだめ、おんぶして学校まで行きました。せっかく姉がいるのに同じ登校班で行くことができず、この日から朝夕の送迎が私の日課となりました。学校へは通常八分で到着するのですが、長男は四〇分前後かかってしまいます。理由は途中にある自販機で遊んだり、犬を見つけると触りに行くからです。また、気に入らないと来た道を逆戻り、あるいはひっくり返って動きません。その周囲には投げ捨てた鞄や靴、帽子が散乱しています。学校の直近まで来ても、押しボタン信号で何度も遊んで先へ進みません。やっと信号を渡ったと思えば、校門につながる一〇〇段近い階段を、毎日私がおんぶして登らないと登校してくれませんでした。

今は六年生になり、自力でスムーズに登下校もできます。トラブルも一時に比べ、随分減りました。長男が生まれてから本当にあっという間でした。もちろん大変だったことがほとんどだったと思います。でも障害のある長男のおかげで、健常児が成長していく上できっと見逃してしまう些細なことでも一喜一憂できました。大変だったことも、今は笑って話すことができるようになりました。

私の表情も明るくなったようで、よく頑張ったとか、私にはできないとか、子どもは親を選んで生まれてくるんやねという周囲の声が聞かれるようになりました。でもきっと誰だって、その状況に置かれたら必死に頑張ると思います。それに私一人で、ここまできたとは思っていません。本当に数え切れない多くの人に助けていただきました。そして一番の支えは家族皆が一丸となって長男の成長を信じ、助けあったことだと思います。

すべてが終わった訳ではありません。まだまだ成長の道程は続き、これからもきっと新たな課題は出てくると思います。その度落ち込むこともあると思います。でも、これまでどおり家族で助け合ってゆけば、解決できない問題はないと思います。

そして、たとえ小さい歩幅でも確かな成長を見逃さず、それを幸せと感じて笑っている自分の姿が、家族の姿が、いまの私には見えます。

息子がくれた宝物

小川三佳子

「おかあさん、何も買えなくてごめんね」

母の日に、中二の息子がすまなそうにそう言って手渡してくれたのは、手書きのクーポン券でした。

手伝い無料券、マッサージ券、料理代行券。おごり券やなんでも券。広告の裏に、鉛筆でいびつに区切られ、ほとんどが平仮名。彼らしく、大好きなドラえもんが一枚一枚にすべて異なる表情で描かれていました。

「こんなものでごめんなさい」。顔色を伺いながら、すぐに謝るのもいつものことです。一生懸命作りながら、喜んでもらえるか不安だったのでしょう。そんなことを考えると涙が止まりませんでした。

そんな、不器用だけど優しい心をもった息子が、生きづらさを感じはじめたのは、一体いつからだったのでしょうか。

小学校受験や早期教育が熱心なこの地域で、我が家ではあえて、のびのび泥んこ系の幼稚園を選びました。少しはずれた所もありましたが、子どもなんて本来そんなものと気にしませんでした。あまり群れずに我が道を行く息子に、周囲も温かく、『ちょっとおもしろい博士みたいな』彼の将来が楽しみでした。

小学校に上がった息子は、区切られた時間、限られた教材で一斉に行う集団生活になじめず、先生の手をやいていました。ノートもとらずに読書に耽ったり、掃除や給食の当番も特定のことにこだわったり。その一つひとつに彼なりの理由があり、「こうしないと僕は潰れちゃうんだ」という八歳の主張も、当時は正直よく理解できませんでした。ルーヴルに飾られるような絵を描きたい、オリンピックのメダリストみたいに速く走りたい。一〇〇点じゃなきゃ〇と同じ。どうせうまくできないならやらない方がまし。いやだ、ダメだ、もうおしまいだ……！　始めてもいないのに何がおしまいだか、と腹が立ち、あまりの完璧主義に呆れたものです。

そんなとき、担任の勧めで受けた検査の結果が出ました。知的水準の低さが数値となって示されていました。小二の夏のことです。

到底、ハイそうですか、とはいきません。こんなに知識が豊富でお話も上手。何より基本的生活習慣はバッチリだ。大丈夫、勉強は自分でやる気スイッチを入れられればいいよ。そう子どもと自分に言い聞かせてはみたものの、内心不安でいっぱいでした。何がいけなかったのか、何をすればいいのか……。関係書を読んだり、子育て講演会に足を運んでは、自分が子どもを追い詰めていないか、完璧を求めているのは私ではないのかと自分を責めました。

希望した通級教室は、対象外とされましたが、学校の教育コーディネーターへの相談がきっかけで、いわゆる療育が始まりました。よく言われる「個性を潰す」ことになりはしないか、でも何かしないと手遅れになるのではないかという葛藤。さらにいうなら、親の怠慢とみられることが怖かったのかもしれません。実際主人から「幼稚園から厳しくしていれば……」と言われたときには、全部私がいけなかったのか、と絶望的になりました。だから、息子が抱える不安や自己否定感を受け止める余裕もなく、さぼり癖をつけないようにと、とにかく学校へと引きずり出していたのでした。行けば楽しいことや嬉しいこともあるはずだ、と。

「僕は年中のとき、何もしてないのにいきなり嫌なこと言われたんだ。一生忘れないんだ」

ある時、唐突にそう聞かされて驚いたことがあります。六歳の体験を何年もたってなぜ今？　と不思議でしたが、後日チャールズハートの「忘れられない悲しみ」のことを知り、これだったのか、とはっとしました。

「顔を洗うとさっぱりするみたいに、心も洗ってさっぱりできたらいいのにな……」そんなつぶやきもありました。長い間、心身に鎧《よろい》をつけ、毎日毎日嫌なことだけが蓄積し、どんなにしんどかったことでしょう。ずっともがき続け、ＳＯＳを発していたのに、受け止める術もなく、私もまた苦しい日々でした。

彼自身、何とかしたいと必死だったのでしょう。行事ごと、学期ごとに気合いを入れ直し、「今度こそ頑張るよ」「失敗しないようにやってみるよ」……力が入りすぎ、息切れして自信もなくす、その繰り返しでした。

中学校への期待と不安も人一倍だったようです。新しい環境でリセットを試みたのですが、想像以上に過酷だったのでしょう。ストレスはさまざまな症状となって心身に表れ、いわゆる「二次障害」としての不登校状態になってしまいました。「適応障害」という診断のもと、堂々と休めるようにはなりましたが、同時に「アスペルガー症候群およびＬＤの傾向あり」とのおまけつきでした。発達のアンバランスという説明が素直に私の中に落ちていくのがわかりました。

再び検査を受けたのは、客観的データを示すことで、周囲に特性を理解してもらい、配慮や支援が受けやすくなるだろうとの考えからでした。本人のわがままや怠け心じゃないんだよ、君が悪いんじゃないよ。それは受容のストライクゾーンを広げるための私自身への説得材料になるはずでした。

しかし、診断名がついたことは、安心よりむしろどこまで求めていいのか、本人の意思はどうなっているのか、かえって混乱を招く結果となった気がします。

「無理なら休んでいいんだよ」。そう言えるようにはなりましたが、自分の中の迷いを子どもは敏感に察知します。休むと言えず、つらいなぁ、とぼやきながらよろよろ登校していく後ろ姿を見送りながら、これでよかったのかと思い悩みます。「よく頑張ってきたね」そう迎えることさえも、かえってプレッシャーになっていやしないかと声すらかけられませんでした。

さらに、中二ともなると、卒業後の進路のことが話題となってきます。

今はいろいろ選択肢がありますよ、と人は言います。就職に有利だからと、手帳の取得を勧められ、役所に行くと淡々と書類の説明をされます。ポイントカードを作るかのように、使わなくてもいいんですから、と簡単に。

「親がいうのも何ですが、あの子はいいモノもってると思うんですよね」

これは、小学校入学の頃、担任との面談で私が言ったセリフです。さぞかし呆れたことでしょう。知らないことは恐ろしい、と恥ずかしい限りですが、今ここにきて息子の将来を考えるとき、こんな感覚も必要だったりして、と思ったりするのです。

近い将来、まちがいなく息子は社会に出ていかねばなりません。自信をもって巣立って行けるよう、親として精一杯のことをしてあげなければいけません。

「親のつとめは、最終的には子どもの自立」と母が私に言ったことを思い出します。半年前から通いはじめたサポート校は、彼と見つけた新しい居場所です。出かけるときは、何度も振り向き、大きく手を振って満面の笑顔です。見送る私も安心して笑顔です。「コースターがもうすぐできるから、おかあさんにあげるね」「今日はホームラン二本も打ったよ」。楽しい報告会はいつもエンドレスです。先日こっそり見に行くと、そこには生き生きとサッカーをする姿がありました。小学校のとき、所属チームでは怒られ続け、どう動いていいかわからず、立ち尽くすだけだった彼が、別人のように汗びっしょりになって、大きな声を出したり、全力でボールを追っていたのです。

そう、本来の彼らしく輝いている場面を私はたくさん見てきました。大人顔負けで歴史を語るとき、ゆったりおいしいお茶を淹れるとき、ドラえもんの世界に浸るとき……。

実は、検査結果報告書の中に、こんな一行がありました。

「のびのびと取り組み、適応がよかった。これは大きな長所である」

のんびりのび太のペースはいらいらすることではない、彼の長所として伸ばしてあげるべきものでした。

この数年間、目にとまった子育てや発達障害、不登校に関する新聞記事などが未整理のまま山になっています。ネット上にも驚くほどの情報があふれています。ニーズが高まっているということでしょうが、それだけにまた、見極めも難しく、振り回されないようにしなければなりません。手帳のことも、ソーシャルスキルトレーニングも、これが正解、というのはないのかもしれません。

いつまでも、思い煩う日々は続くのでしょう。おちこんだり、ほっとしたり、いろいろある中で変わらないのはわが子への愛情。いくつになろうと、障害があろうとなかろうと変わらない。それでも、些細なことに一喜一憂しながら、親も子も、ちょっとずつでも前に進んでいるのだと信じたいのです。

そして、多くの良き出会いに恵まれ、たくさんのサポーターに支えられて、ここまで頑張ってこられた息子は、やはり何かをもっているのかもしれない、と感じます。

彼がくれた『なんでも券』は、無期限になっています。いつどんなときに使おうか、考えているうち気づきました。つらいときや悲しいとき、苛立ちがおさまらないとき、そっと取り出し眺めると、元気が出たり心が落ち着いたりするのです。嬉しいときや幸せを感じるときもその気持ちを倍増させてくれています。

息子よ。君がくれたこの券は、ドラえもんのひみつ道具に負けていないよ。これを考え、作ってくれた君の未来は、限りない可能性に満ちている。これは、そんな未来への招待状かもしれないね。いつか渡す日が来たら、やっぱりごめんなさいと言うのだろうか。変わらぬ笑顔を楽しみに、大事に大事にしまっておくよ。

わたしの大変で幸せな子育て

小宇羅知子

私には、人から言われたくない大嫌いな言葉がありました。「障害のあるお子さんがいると、大変ね」という類の言葉。これは、まったく言った相手には悪意がないどころか、私を励ましてあげようとしてくれているのが理解できるだけに、嫌な顔もできない、それどころか笑顔で言いたくないお礼を言わなければならないような雰囲気になってしまうという不幸。また、我が子はそんなに特異に見えるのかと、私の不安や悲しみを大きくし、真っ暗な深い落とし穴にズドンと突き落とされた気持ちになったものでした。

今から一五年前、長男が二歳のときに地元の専門機関で、自閉傾向中度の広汎性発達障害といわれ、一生治らないと聞いたときには、息子と二人で死んでしまおうかと悩みました。しかし、当時、私のお腹の中には次男が宿っていて、それが、長男を出産したときの気持ちを思いださせてくれました。

長男の出産は、新鮮で幸せに満ちたものでした。初めてみる我が子を分娩室で抱いたとき「生まれてきてくれてありがとう。一生、何があっても守るからね」と私は誓ったはず！　この子の力になってやらなければ……と。でも、そう思う反面、この子をどこまで伸ばしてやれるものかと大きな不安に襲われることも少なくはありませんでした。

確かに、長男の成長とともに、同年代の子どもたちと比べ、恥ずかしい場面をたくさん経験しましたし、こんなこともできないのかと、がっかりしたことが何度もありました。実際、市の専門機関で、「こんな子を入れてくれる幼稚園はないでしょう。このままでいくとこの子は野生児です。こんな子をもってお母さんは大変だ」と、専門医にも言われました。保健師さんには、「兄弟で障害を抱えている人は多いです。お腹のお子さんもあるかも」など、今の私ならば黙って聞いていないであろう心ない言葉をたくさん言われましたが、当時の私は、反論する気力もなく、ただ黙ってうつむくだけでした。

幸い、私には強い母や友人がおり、毎日のように私を励ましてくれました。そんな周りの助けもあり、無理だと専門医に言われた大きな幼稚園に入れてみたいと思いました。

そこは、古い歴史をもつ熱心で有名な幼稚園で、国立小学校に受験をする子が多いマンモス園でした。広い園庭、明るい教室、きれいなお花、大型遊具やミニ動物園は、子どもが喜んで駆け出していくような素敵な園でした。一人ひとりに添った指導計画を立て保育するという方針にも、私は魅かれていました。

しかし、運動会や発表会を見学すると、他の幼稚園とは比べものにならないハイレベルだったため、こんな所に入れてもらえないだろう、万が一入ることができても、何もできないと、断られるのではないか……などと悩み、近所の先輩ママさんたちから、幼稚園の情報を集めました。どのママさんたちにも、「いろんな子がいるよ。小学校にあがるときに安心だよ」と、言われました。それでダメもとで、当たってぶつかるしかない！ と思い、行動に出てみることにしたのです。

夏休みに入ってから、幼稚園に電話をかけると、運良く園長先生が出られました。心配事を話すと、「うちは数多くの子どもたちの保育経験をしてきました。入園時、しゃべれなかった子がいつの間にかおしゃべりになったり、自閉のあった子がしっかりして卒園した事例もたくさんみてきました。たかが、三歳、これからですよ」と優しくお話していただけました。真っ暗闇の落とし穴に手を差し伸べていただいたような気持ちでした。

すぐ、私は子どもを連れて園長先生に会いに行きました。アポなしで行ったにもかかわらず、園庭の手入れをされていた園長先生は、笑顔で私たちを迎えてくださいました。「しゃべれないし、走り回るのですが、入れていただいても良いのでしょうか？」と恐る恐る聞く私に、「広い園庭ですから走り甲斐がありますよ〜大いに走ったら良いです」と言われ、「入園希望者が定員オーバーしたら、うちの子は入園できなくなりませんか？」と聞くと、「定員オーバーしたら、教室を新しくつくればいい話ですから。ワハハ」と、笑っていただきました。

また、ベテランの先生に「子どもたちの集団の力は奇跡のような力を持ちます。あまり心配されずに、奇跡のような力を信じましょう。悩まれると、お腹の子どもに悪いですよ」と、やさしい言葉をかけていただきました。諦めずに来てよかった！　この幼稚園を選んだことを、私は後悔しないだろう、と確信しました。

実際、息子は入園当初は、楽しいあまりに遊具に脱走したり、お弁当を食べなかったりと大変でした。でも、次第に落ち着いて、みんなと色々できるようになっていきました。また、お世話好きな女の子たちがいつも息子の周りを囲んで、いろんなことを教えてくれていました。おかげで、息子は友だちが大好きになり、入園前に苦手だった大きな声や、大勢の人ゴミが嘘のように平気になりました。

年中になると、幼稚園が障害児教育の資格を持った先生を雇われて、息子のクラスの副担任につけてくださいました。始業式の日に、園長先生が「手のかかるお子さんに関わってもらうことが多く感じられるかもしれませんが、専門知識をもった先生に来てもらうことは、どの子のためにもなることですので、どうぞご理解下さい」と全保護者に向かって説明されました。私からお願いしたわけではないのにと、心から感謝の気持ちでいっぱいでした。

同時に、私も作業療法士の先生のところへ月に二回ほどでしたが、感覚統合の訓練に通いました。そこで、コミュニケーション力を引き出すためのスキルや、道具などを教えていただき、家でも実践してみました。やっても無駄だったことも多くありましたが、効果が出たときの嬉しい気持ちは何ともいえません。よし、また頑張るぞ！　と、私の生きるパワーにもなっていきました。

このような長男の幼稚園時代の子育て体験が、私の教育の原点となりました。考え方もかなり変わりました。以前は、できないことばかり気にして、一人で何でもできるようにしなければと、親子で無理をしていました。子どもに手をあげてしまったこともありました。しかし、園での子ども同士の上手な関わり合いを見るにつれ、助けてもらえることへの感謝とともに、助けてくれる人を見つける力や、助けてもらえる人柄に育てる大切さを実感しました。三人の息子たち全員を、明るく、一緒にいたら心が癒されるような人間に育てたいな……そう第一に考えるようになりました。

そうすると、自然と私自身が、人を助けてあげたいと思って行動したり、人から助けてもらったときに、心から感謝の気持ちが芽生えるようになりました。私自身が成長させてもらったと、息子には感謝しています。

卒園後、息子は地域の小学校の特別支援学級に入学しましたが、通常学級の授業になるべく入れてもらい、六年間友だちや先生方に支えられ、楽しく頑張ってくれました。数々の学校行事をみんなとこなす姿はもちろん、初めて二〇分かかる通学路を自力で笑顔で帰ってきたときなどは、感動で心が震えました。

私も、ＰＴＡや子ども会役員を何年もしました。男の子三人の子育てをしながら、いくつもの役をこなすのは、てんてこ舞いの毎日でしたが、お金に変えられない大切なものを得ることが多くありました。そうやって、地域の方々と関係をつないで、私や息子たちを支えていただきました。

ところが、このような恵まれた環境ばかりではありませんでした。地域の中学校に進学して四日目のことでした。中学校の特別支援学級の担任の先生に虐待を受けていたことが判明しました。給食のご飯を残す息子に腹を立てた担任が、うしろから息子を羽交い締めにして顎を押さえ、無理矢理、ご飯を口に押し込みました。窒息しそうになった息子は、食べたものすべてを嘔吐し、汚れた床を掃除させられました。翌朝、息子の顎には、大きなアザができました。中学校の制服をみたら、震えて首を横に振り、「学校に行かない」とベッドに逃げ込むようになりました。ほかにも体罰があったのですが、その先生自身はもちろん、見ていた先生や校長先生までも反省どころか、隠ぺいしようとしたため、学校との苦しい戦いとなりました。小学校の先生方・市教育委員会・市会議員さん・警察・地域の方々の助けを借り、何とか一か月後に中学校に通わせることができましたが、フラッシュバックなど、息子の心の傷は癒えることなく、落ち着かない中学三年間を過ごしました。修学旅行や卒業式にもきちんと参加できず、悲しい思いをさせてしまいました。だけど、友だちとの関わりだけは、よい関係が続きました。小学校から一緒に進学した子がほとんどだったため、中学校でもたくさん声をかけてくれたり、男の子同士でたわむれたり、子どもたちは変わらず息子の傍にいて助けてくれました。大人たちは見習わなければならない姿を見せてくれました。

私たち親子にとって、あの事件は辛い経験ではありましたが、あのおかげで、心ある先生方との出会いもありましたし、私も特別支援教育に関心が深まり、講習会など意欲的に出向き、勉強するようになりました。

長男が高二になった今でも、子どもに関して悩みは尽きません。けれど、小さな成長でさえも大きな喜びとなって私は息子から感動をたくさんもらっています。「このような子どもさんをもって大変だね」と、声をかけられることが今でも多くありますが、今の私は笑顔で答えます。「はい！　大変で幸せなことです」と。三人の子を育ててよく分かりました。三種三様、子どもはそれぞれ一長一短あります。健常であろうがなかろうが、子育てで大切なことは同じ、子育ては大変で、幸せで、そして喜びなのです。

出逢いと気付きの連鎖

齋藤宏香

「個性？　個人差？　ナニカガチガウ。世の中のお母さん方ってこんなに大変なの？」

危険がわからず走行中の車を目がけて走り出す、一歳を過ぎても繰り返す昼夜逆転、極度の偏食、理由の分からないカンシャクや自傷・他傷、さらには一歳半で突然消えた言葉。

「私の育て方が悪いの？　皆当たり前にできている子育てが私にはデキナイ」

一日二時間の睡眠しかとらない息子と、毎月四〇度を超える原因不明の高熱にうなされ、ただ必死に毎日を乗り切っていた。

どんなに頑張っていても、必死に訴えていても、投げかけられる言葉は決まって
「まだ月齢が低いから様子を見ましょう。お母さんもっと頑張ってください」

これ以上ナニヲガンバルノカ……。

虚しさと孤独に脱力感さえ覚えた。

「私なりの子育てでいい！」

諦めとも、自信とも違う割り切りで自分を奮い立たせるのがやっとだった育児。

そんな極地に立たされた私にも救いの手が差し伸べられる。

一歳半健診を担当してくれた保健師さんの一言だった。

「お母さん。いっぱい頑張りましたね」

予想外の言葉に、胸の真ん中を何かが突き抜けたような衝撃を覚えた。

「そうか！　私は母として誰かに認めてほしかったんだ！」

自分の理解者ができたことで心を開き、市が主催している子育て広場にも進んで参加するようになれた。

帽子は被れない、外に出れば目を開けていられず発狂、足は棒のように突っ張って動かない。同じ道しか通れない。私たち親子が引きこもりになる原因の一つだった行動。毎回息子を連れ出すのが至難の業だったが、他害行為のある麗樹が同年代の子どもたちと触れ合える場所ができたことや、毎回相談できる環境にあることは大きな励みとなっていた。

ほぼ半年に及ぶ広場への参加を経て、漠然としていた違和感の答えを見つけたのは二歳児相談の一幕からだった。

広場にも来ていた心理士さんの何気ない一言。

「麗樹くん。チョット自分の世界観をもっているかなぁ……」

答えを知りたいという思いからその場で発達検査の予約をし、旦那にも立会いを求めた。

「結果は一か月後、必ずご主人と一緒に来てください」

「気にし過ぎ。お前は神経質なんだから」と取り合わなかった旦那の表情も一変した。

何かある……。そう悟るには充分すぎる言葉だった。

結果を待つ時間がとても長かった。

そんな中、一冊の本に出遭う。

旦那にも「一度読んでみて」と勧めた。

しばらくは本を開いた様子はなかったが、それでも言葉はかけず毎日目につく所に置き続けた。

「麗樹はこれか？」私の出した答えと一致していた。

数日後、医師がくだした「自閉性障害」という診断名から私たち夫婦の疑問が確信に変わった。

ただ、ショックや絶望感より、初めて麗樹をわかってあげられる糸口を見つけたという安堵感の方が大きかった。

この気持ちに行き着けたのは、数週間の葛藤の中、逃げない選択を自ら選んでくれた旦那のお蔭だと今でも思っている。

〝認知のスタートラインは一緒の方が良い〟

この決断と一連の行動が、麗樹を育てる重要なカギとなったと言っても過言ではない。

診断名がついたことで麗樹の環境は劇的に変わった。

児童デイサービスで特性に合わせた療育を受けられるようになる。

理解ある優しい先生方に支えられ、できることが日々増えてきていたが、三月生まれの麗樹には集団生活を始める時期がすでに数か月後に迫っていた。

先生方や保健師さんの協力のもと、事前に療育手帳を取得していたこともあり、加配教員付きで市立幼稚園に入園することができた。

まだ言葉も拙《つたな》く、突飛な行動が目立つ麗樹を集団生活に入れて周りは受け入れてくれるのだろうか？　という大きな不安もあった。


新しい場所での集団生活……。


張り詰めた緊張を解きほぐしてくれたのは加配の先生の一言だった。

「障がいのことはわかりませんが、私も麗樹くんのお母さんになります」

この言葉にどれだけ救われたことか……。

最初は四五分から始まった幼稚園生活。

周りとは違う保育時間に焦りや戸惑いもあったが、安心してお任せできる環境に麗樹を預け、離れる時間ができたことで私自身も自閉症の理解に時間を費やせるようになっていた。

不可解な行動にも一つひとつ意味があった。「どうしてデキナイの?!」の育児から「どうしてできないのだろう?」と視点を変えると色々なことが見えはじめた。

『ナニカガチガウ』

『デキナイ』

『ナニヲガンバルノカ』

私が感じていたこの言葉は麗樹も思っていた言葉だったと気付けた。

ありのままの麗樹を受け止め、気持ちに寄り添えるようになったことは大きな変化だった。

行動でわからないことができたら、同じことをやってみる。何が引き金になっているのか原因を探ってみた。

難解のパズルのようだったが、ハマってみると面白い! 育児が楽しめるようになった。

加配の先生が対応していたスモールステップの影響も受け、麗樹に合わせた小さな目標を一つひとつクリアにしていくことで達成感や大きな喜びを共有できるようになった。

遠回りしたが、自分の価値観を捨て去り麗樹の価値観に移行し、本当の信頼関係を築けたのはこの頃だったのかも知れない。

集団と家庭でバックアップできるようになり、麗樹はグングンと力をつけていった。

それだけに二年間の育児が悔やまれた。

あのまま育てていたら二次障害を引き起こしていたかもしれない……。

私がもっと頑張っていれば麗樹は苦しまずにすんだのではないか……。

そんな気持ちをもちはじめた頃、一人のお母さんに声を掛けられる。

自閉症の兄弟を育てる先輩ママだった。

何度も話をするうちに彼女も沢山の失敗を重ねてきたことがわかった。

屈託なく話す様子に惹かれ私の気持ちも晴れていった。

「失敗したからこそ今がある！」二人で導き出した答えは大きかった。

同じ境遇の仲間との出逢い……。

これがなければ今の私は存在しなかっただろう。

麗樹を育て、沢山の出逢いと経験がある。

いち早く障がいを受け入れてくれた旦那、特性を理解し対応してくれる家族、小学校に入っても愛をもって成長を見守ってくれる加配の先生、イケメン麗樹に親バカ並みの児童デイサービスの先生（笑）、麗樹の成長を心から喜んでくれる先生方や保健師さん。

共に泣き、笑い、一緒に歩む大切な仲間たち。

一つひとつの出逢いから気付きがあり、私たちお互いの土台ができている。

大きく育った大地に根を生やしたことで今は沢山の芽と大きな花を咲かせている。

小学校三年生になった麗樹。

支援級に在籍しながら、先生方からも期待のかかる注目のエースになっているらしい。

将来は漢字博士と、地図博士になりたいと豪語している。

こだわりから生まれた興味関心に目を細める毎日だ。

問題児だった麗樹が、今ではクラスのムードメーカーになり、五つ離れた妹とも上手に遊べるようになった。

当初からは誰も想像がつかなかった成長だ。

ここに辿りつけたのも、子どもたちだけではなく、親も沢山の理解と愛情に包まれて過ごせたからだと私は断言できる。

子育ては母親だけのものではない。

周りの正しい知識、理解、関心のもとで育つことで子どもは大きく育つ。

療育の精神を早い段階から気付かせてくれたすべての人に感謝している。

みんなで麗樹を育ててくれてありがとう。
そして私たち大人を育ててくれた麗樹に
〝私たち家族のもとに生まれてきてくれてありがとう〟
これからも君達の笑顔を守り続けます。

すてきな自閉症

篠原稔子

六月二五日のこと。翌日二六日はプール学習の日。ですが、予報は完全に雨。すると息子は「二六の水曜日は雨降らないのにな」と言いました。私はさては！　と思い「四月も五月も二六は雨降らへんかった？」と尋ねました。「ううん、違うよ」との返事。あ、よく考えたら四月も五月も二六は水曜日でない。「じゃあ二六の水曜で雨降ったのいつ？」すると「二〇一〇年の五月二六日の水曜日。悠ちゃん風邪ひいててスイミングいかへんかったなぁ」このように息子はサヴァン症候群の傾向があるようです。それに気づいたのはまだ二、三年前。

また、難解なクラシックでもたいていは一度で覚え、楽譜の読めない息子は耳だけを頼りに再現します。膨大な数の曲を知っており、指揮者による違いもわかります。大きなコンサートホールで二時間にもわたる長い曲も聞くことができます。そんなすごい才能の持ち主である息子悠生は、三六五八グラムというとても大きな赤ちゃんでした。しかし、人見知りはほとんどないものの、全然眠らない子どもでした。おっぱいを吸って眠ったかなと布団におろすや否やパチっと目を見開くのです。それを一晩に何回も繰り返し、幾日も続きました。寝不足でノイローゼになりそうでしたが、周りからは「寝ないくらいで医者も診てくれないよ」と言われ、苦しみました。また、少し歩けるようになったころ、家の向かいの公園へ行くのに道を渡ることがどうしてもできず、必ず家を出て左に曲がり、公園の周りを一周してからしか入れませんでした。道に立っている消火栓の掲示に異常な興味をもち、散歩していても、とにかく消火栓を探している感じでした。赤色にこだわっていたと思います。

同じくらいの子どもが集まるような場所では決まって、よそのお子さんの髪の毛を引っ張り、泣かせては謝り、叱っての繰り返し。しかし、どんなに叱っても、なだめるように接しても悠生は笑っているばかり。そのころ私は悠生に向かって怒鳴り散らし、たたいてもいました。私の言うことがどうしてわからない？　なんで髪の毛引っ張るの？　と毎日毎日悲しくも腹が立ってなりませんでした。

悠生が一歳になる直前、私の父が長患いの末に亡くなり、当時は毎日色々ありながらも病院や実家へ悠生を連れていくことで一日はあっという間に過ぎました。

二歳になる少し前、近所の保育所の園庭開放で保育士の先生から遅れを指摘され、そのまま泣きながら市の保健センターに電話しました。保健師や心理士さんの見立てで、住んでいた市の母子通園施設へ行くことになりました。そこは「心身障害児通園センター」という名称でした。悠生と似た感じのお子さんがお母さんたちと来られていました。私は初めて「私と息子の居場所」ができた、このときのことを今でもよく覚えています。

この頃、言葉は非常に滑舌よく喋るものの、意志を伝える感じがなく、覚えたセリフを話す芝居のような日々でした。正式な診断を早く、と思い、色々な情報を得て、三重県立あすなろ学園という病院へ三歳四か月で受診に行きました。そこで自分の中だけにしかなかった「自閉症」という診断を正式に受けました。知的遅れもあることも聞きました。そして、少人数での丁寧な療育を必要とするということで、三歳八か月より丸二年間、奈良県立総合リハビリセンターわかくさ愛育園という母子通園施設へ通うことになりました。そこでは、親子で一緒に保育に参加し、子どもに必要な力をつけるだけでなく、親も子どもに日々どのように接するか、向き合うかを教わりました。愛情を持って真剣に子どもらの先を見据えた指導をしてくださった多くの先生方のお蔭で、私も悠生もその二年間で大変多くのことを学び、生活していくうえでの基礎の基礎、のようなことを体得しました。

五歳のとき、そのまま通園施設に残るか、地域の公立幼稚園の年長に入るか、考えました。

幸い、地域の幼稚園の主任先生が「お母さん来て下さい」とおっしゃってくださり、悠生に一人先生がついてくださる形で、親子共に初めての地域社会での生活が始まりました。

相変わらず、言葉はあるものの、理解しないままの使用が多く、衝動的にお友だちに噛みついたり、髪の毛を引っ張ってはびっくりさせたりの毎日でしたが、仲良くしてくれる女の子がいて、色々お世話も焼いてくれ、とてもありがたく思いました（ちなみにその女の子と彼女のお母さんは今も小学校での最大にして最強の理解者で、ある時は私や先生より的確な支援をしてくれています）。

ある時、お友だちに大変なけがをさせてしまったことがありました。その時は真剣に幼稚園を退園しよう、これ以上迷惑はかけられない、と思い悩み、主任先生に伝えに行きました。「辞めてどうするの、お母さん？　辞めても悠生君にとって何もいいことはないよ。お母さんつらいやろうけど、一緒に頑張ろう。私も先生方も頑張るから。よく考えて」というお返事でした。その一言がなければそのまま向かいの小学校にも行くことはなく、現在住んでいる地域で暮らしていくことは考えなかったと思います。私自身、今の地域の出身でなく、周りに誰も知った人がいない中で息子のために、とにかく一生懸命頑張ってきました。そんな中で起きた出来事でしたが、切れてしまった私の気持ちの糸をつないでくださった幼稚園でした。

就学を控え、県立の養護学校か、向かいの公立小学校か、悩んでいました。養護学校を勧める意見が多い中、幼稚園のお友だちたちは至極当然のように「私のランドセル、ピンクやねん。悠ちゃんは何色買ったん？」とか、お母さん方も「悠ちゃん学校までどれくらいかかる？」などと声をかけてくださいました（養護学校はランドセルではなく、リュックで登校です)。「行ってもいいのだろうか」と毎日考えましたが、「無理であれば途中で学校変わろっか。とりあえず一年生だけでもいいか」と思いはじめ、向かいの小学校への入学を教育委員会へ願い出ました。

入学に当たって、支援学級の担任の先生と交流学級の先生に私自身の口から悠生の障がいやその特性、問題行動等、すべてお話ししました。もし必要ならば毎日教室の隅で付き添います、とも言いました。その時の先生方は今も学校にいらっしゃり、支援の先生は現在六年生の息子の二回目の担任、交流学級の先生は五年生のとき、やはり二回目の担任になってくださいました。いつもとても温かく見守ってくださっています。

比較的、小規模校で、かつ縦割り活動が盛んなため、高学年や、同級生の兄弟たちも「悠ちゃん!」と積極的に関わってくれました。毎日登下校に学校へ行っているため、多くの子どもたちが「悠ちゃんのお母さん」とか「悠ちゃん今日な……」と話しかけてきてくれ、今もなお、「通学している」私にとって大変嬉しいひと時です。担任以外の先生、校長先生や教頭先生も行事や様々な場面でいつも支えてくださいます。

毎日が飛ぶように過ぎ、一週間、一か月、一年と、気がつけば高学年になっていました。

運動会の練習が始まりだすと、暑さや湿度に弱いうえ、変則的な時間割で、混乱からパニックを起こしやすいのですが、四年生の秋は、一時期、戦争のようなひどい毎日でした。そんな時も、下校は家まで付き添ってくださり、どれだけパニックを起こそうとも、とにかくゆっくり関わろうと一生懸命な先生方のお計らいで、登校してすぐ支援学級へ行き、一日を過ごさせよう、必要ならば給食もそこでゆっくりと、と考えてくださいました。周りのお友だちとの関わりを求めて地域の学校へ行かせたのですが、そこだけが大事なのではないと、息子本人のペースに沿ってご指導してくださいました。

五年生になると、課題が急に難しくなりました。苦手な針や糸を用い、ミシンも使う家庭科。また、初めての宿泊活動にあたっては私と先生とで、それは入念に写真でのスケジュール提示（自閉症の特性に基づいた考えで、写真などで次の行動を予告すると不安軽減につながるというもの）をしていたため何のパニックもなく一泊二日を終えました。運動会でも五、六年合同の組立て体操やソーラン節といった、難易度の高いものがあり、毎年ずっと見てきただけに「悠生には無理です、その出番は外してくださってかまいません」と言いました。が、支援の担任の先生は「悠ちゃんのできる範囲で頑張ります」とおっしゃって、毎日の活動の中に丁寧に取り入れてくださったお蔭で、当日は一人技も、組み技も場所移動も全て「大成功」でした。もちろん、今までの集大成を見た私は感激の涙でしたが、悠生を担任したことのある先生方も同じくらい感動してくださったこと、よく覚えています。

急に出かける私に「お母さん、免許証と携帯持った？　しんどなったらどっかコンビニとかで寝えや」などと、人を気遣う言葉が今では出るようになってきました。他者との距離感のわかりにくい、コミュニケーション障がいが中核症状の自閉症の悠生は、たくさんの経験を積み重ねて、今があります。先生や友だち、地域に恵まれ、「カッコイイお兄ちゃん」をめざし、「すてきな自閉症の大人」なってほしいと願っています。

「お母さんの努力は誰よりも悠生君が知っています」「悠ちゃんと関われたことで、うちの子も学んだよ」などの宝石のような数々の言葉のお蔭で、暗く長いトンネルからようやく出てこれた気がします。

「かりんとうくん」

鈴木　明

息子が小学校二年生の大みそかのこと。

枕元で携帯電話が鳴った。ちょうど昼寝の最中でしばらく無視をしていたが、切れる様子もなく、仕方なく着信履歴を見ると横浜に子どもと買い物に行っている妻からだった。仕方なしに出たが「もしもし」と言い終わらないうちに「パパ大変！　竣が……迷子になった！　どうしよう。どうやって探せばいいの。どうしていいのかわからない」と普段冷静な妻が珍しくパニックを起こしていることがわかる悲壮な声で言った。妻の話によると、デパートの地下で食事をした後、上の階で玩具を見る予定で、妻が食事の会計をしている間に走って出て行ってしまい、そのまま見失ったとのこと。

「ブー、ブッブー　ブー、ブッブー……」

捜しまわってすれ違ってもいけないと、その場所から動けずにいる妻に「一人では無理だよ。今からだと四〇分位かかるけどとにかく行くから」と言って電話を切り、五分と経たないうちに駅に向かって走り出した。

鈴木　竣（仮名）二〇〇一年生まれ。

「診断名　自閉症（典型的）知的障害は軽度」

これが三歳のときに竣に対し専門医から告げられた言葉だった。竣は二歳までは少し言葉や歩くのが遅かったが他には気になるようなことはなかった。そして二歳を過ぎた頃からオウム返しだが、会話が少しずつできた。また風船や扇風機等丸い物を異常に怖がる等、他の子どもにはない反応を見せはじめていた。しかしそれが障害の特徴と知らない私たちは「変な奴。丸い物を怖がるなんて鳩みたい。でもかわいいね」と親馬鹿の状態であった。

そして妻が働き出し、保育所に竣を預け始めた。一年程経ったある日、保育所から「竣の行動が他の子と比べると少し違うので一度療育相談を受けた方が良い」と突然勧められた。〝療育相談って何？　少し他の子と違うからといって失礼な！〟と、私たち夫婦は憤りを感じ、特に妻は相談に行く必要はないとの一点張りだった。私も妻と同感だったが、むしろ相談に行って問題がないことを証明すれば良いと思い、妻を説得して相談を受けることにした。そして療育のドクターに診察してもらった結果、「年齢が低いのでわかりませんが『広汎性発達障害』の疑いがあります」と告げられた。（『広汎性発達障害』？）初めて聞く言葉だった。そしてドクターはさらに「竣君の場合、先天的なもので将来どうなるかわかりませんが何らかの形で障害が残ると思います。半年くらい様子を見て別の専門のドクターの診察を受けた方が良いと思います」と続けた。診察後、妻は「大丈夫だよ。まだ、決まった訳ではないし、どんな子どもでも私の子どもだもの」と気丈にしていたが、妻への衝撃は相当なもので、その後寝ている竣の頭をなでながら声を立てずに涙を子どもの頬に落とす姿を見たとき、妻の心の傷は口では言い表せない程の深さであることを知った。

そして半年後の再診察の日。その日まで専門書等を読み、ある程度発達障害についての知識はあったものの、まだ根本的に障害を理解していなかった私たちは言葉や字を教え知的面を伸ばせば何とかなるのではと思い、様々な試みを行いその成果を期待していた。

ドクターの診察が始まり竣は名前や年齢、好きな乗り物や食べ物等を聞かれた。そこまでなんとか答えられたが、簡単なパズルやカードの並び替えのテストになるとほとんどできず出て行こうとする始末だった。そして診察の結果は先述した通りで、さらに私たち夫婦に少しでも早く現実を受け入れられるように、「今は小さいので発達障害の部分は見分けにくいですが、大きくなるにつれて顕著に現れます。厳しいお話ですが、将来普通の就学や就職をすることは期待しないでとにかく竣君の特性を理解し彼の生活のしやすい環境を整えることを考えて下さい」と残酷ではあるが今思えば的確なアドバイスをくれた。

それから悪戦苦闘の日々。年々竣が大きくなるにつれてドクターの言った通り、自閉症の特徴が出はじめた。「こだわりが強い」という点では、保育園に通う電車で、気に入った電車に乗れないとパニックを起こしその車両が来るまで三〇分以上駅で待たされた。また「コミュニケーションが取れない」点では、学校内で先生やクラスの子と会うことはなんとかできても学校の外で会うと逃げ出してしまうくらい苦手だった。（そんな竣が横浜で迷子……）どうやって捜し出すのか見当もつかないまま電車は横浜駅に着いた。

早速妻に連絡をし、竣を見失った場所で合流をした。そして、まず行く予定だった玩具売り場や家電売り場を捜したが、すでにいなくなってから一時間が経っていた。同時に館内放送で呼び出しをかけてみたが効果はなかった。時刻も夕方の五時近くになり、駅周辺も混雑のピークに達していた。妻と相談し闇雲《やみくも》に捜しても時間が無駄になるので、竣が待ち合わせ場所に戻ってきても良いように妻はその場に残り、私が竣を捜しながら駅改札に向かい、それでも見つからなかったら交番に行くことにした。また、妻から駅に行くときは竣と横浜で買い物をするときよく通るルートがあるのでそこをたどって行くように言われた。

（まずこの階段を上がって、パン屋の方に行くと……。でもこれって駅と反対方向じゃない？そしてここでエスカレーターに乗って地下にまた降りると。ずいぶん遠回りだな。本当にこの通り行ったのかなあ？　で、ここの総菜屋の前を通って……。）そして私が目にしたものはものすごい買い物客の人だかりだった。この中から竣を捜すことは到底不可能で、もはや警察に頼るしかないなと思いながら人混みをかき分け駅の改札に着いた。改札口が広いため歩きまわりながら二〇分程捜したが見つからず、（いよいよ警察か）と思い、妻に連絡をするために携帯電話を手にしながらふと券売機の方に目をやると、小学生くらいの男の子が切符を買おうともたもたしている姿が見えた。

（あれ？　竣に似ているな……って、竣だ！　竣だ！）心の中で叫んだ。そして、そっと近寄って竣に声をかけた。

「竣どうしたの？」

竣は私が突然現れたことに相当びっくりした様子であったが私の問いに涼しい顔をして「あっ、パパ。切符を買おうとしたけど、お金が足りないの。どうしよう」と答えた。

「……。」予想外の返事に戸惑いながら、

「えっと、ママから竣が迷子になったと電話がかかってきてパパ捜しに来たんだよ」と話を続けると、やはり安心したせいか急に私の足にしがみつき泣き出した。

「わかった。わかった。もう大丈夫だからね。じゃあママに連絡するから待っていて」となだめ、妻に竣が見つかったことを報告し、その一〇分後に妻は現れた。妻は竣の顔を見て安心したが、落ち着きをとり戻したいつもの様子の竣に、必死に捜したことがむなしくなって呆れてしまっていた。

「どうして、ママは話をしてくれないの？」

「それは竣が勝手にどこかに行ってママを心配させたから怒っているのさ。ちゃんと謝らないと」

「ママごめんなさい」と竣。しかし妻は無言のままだった。私は竣に、「まあ、いいや。後でパパからママに話してあげるから。それより、どうやって駅の改札まで来たの」すると竣は、

「最初、六階の玩具売り場にいってしばらく見ていたけれど、ママが来ないので四階の電子レンジ売り場に行ったの。そして、そこにもいなかったから、地下に降りてまた階段を上がって、パン屋さんに行ってまた、エスカレーターを降りて……」（まさに、妻の言ったルートだ。）他にもいろいろ行き方があるのに「これが自閉症ならではのパターン化の特徴か」と納得すると同時に、それでも竣なりにできることを一生懸命やっていたその成長ぶりに驚いた。そして竣が続けた。

「それでエスカレーターを降りて、〝かりんとう〟を食べたの」

「かりんとうを食べた？」と私が聞き返すと、

「そう、かりんとう」と竣は繰り返した。

すると、今まで無言だった妻が、急に〝ぷっ〟と吹き出し、いつもの笑顔で竣の頭をなでながら「そう。かりんとうを食べたの。そっか」と言った。私は訳がわからず、「どういうこと？」と聞くと、ちょうどエスカレーターを降りたところにお菓子屋さんがあって〝かりんとう〟の試食ができるとのこと。そしてそこを通る度竣は欲しがりはしないものの「あれは何？」と興味を示していたらしい。

私も、竣自身迷子になって大変だということは多分わかっていたが、そんな余裕（？）があったことに思わず声を出して笑ってしまった。そして、私たちは竣に「もう、一人で勝手に行くなよ」と一言注意してそれ以上、怒ることはやめた。ただ、帰りの電車で、今日の出来事がなかったかのように「いつもの電車じゃないと乗りたくない」と言われたときは二人で顔を合わせて大きなため息をついた。

それから三年が過ぎ、今は小学校六年生になったが、できなかったことができるようになり、その半面特徴が強くなりそこに反抗期が加わっていままで以上に手を焼くことも増えた。正直もうやめたいと思う日もあるが、たまに冗談で「かりんとうくん」と呼ぶとニヤニヤしながら耳をふさぎ逃げていく姿を見て、トラウマにならずむしろ照れくさいという感情が育っていることを嬉しく思っている。この先竣がどう成長していくはわからないが、少しでも心の余裕をもって見守っていきたい。

普通な人間になりたい
～オーケストラ団員の自閉症兄と妹たち～

鈴木菜穂美

ありのままに生きてるけど
「なりたい自分」があってもいい
彼らだってそれなりに上を目指したっていい
普通になれないけど　普通に憧れる
そのエネルギーと
普通の中で個性的な
その存在感が
私は好きだ

長男　自閉症を伴う知的障害（五歳で軽度療育手帳取得）
長女　定型発達

次女　知的障害（四歳で重度療育手帳取得）

誰かが誰かを支えて生きている。

障害児の親は周りに〝支えてほしい〟と願いがちです。

支える側のきょうだい。共に生きることを肌で感じながら育つ運命。

兄も妹も発達障害で、いろんな経験をもとに健常の長女が中一のときに書いた人権作文です。

題名は「くやしい」

私の妹は少しだけ障害があります。今はそんなこと気にしていない。でも前まではすごく気にしていました。

妹は見た目は普通の女の子です。でもほんの少しだけ遅れています。でも〈みんなと〉何も変わらないと思います。

前に妹が運動会の練習を抜け出して暴れていました。そのことが学校中に広まって私の学年まで広がってきました。

私は恥ずかしくて知らんぷりしてました。

みんなが私の妹だとわかってしまったとき、妹なんかいやだと思いました。

ある日「お前の妹　変だな。障害あるの？」と言われ
「関係ないでしょ」と言ったら、

「あ〜やっぱりそうだ。何でこの学校にいるんだよ。この学校は普通の子が来るんだよ」と言ってきたので
「普通ってなによ。いろんな人がいたっていいじゃない。がんばってついていってるんだから！」

さけびました。くやしくてトイレに行って泣きました。

ある日学校から帰ったら妹とお母さんが泣いていました。

妹が「〇〇ちゃんって病気なんでしょ。病気の人となんて遊びたくない」と言われたからです。

それを聞いてなんでなんでと思いました。

妹がそんなつらい思いをしていると思いませんでした。

そして「わたしって病気なの？」と聞いてきました。

「わたし、熱ないし、かぜひいてないよ」と泣いている妹を見て涙がとまりませんでした。

母は学校に呼び出されたりします。いろんな人に悪口をいわれてるのに、恥ずかしがったり隠したりしません。

前向きで強いと思います。

私も強くなって、障害のある人のことをわかってくれない人にわかってもらえるように話していきたいです。

長女は妹のことでも苦しみましたがお兄ちゃんがいじめられたりバカにされたりするのをたくさん目撃しました。

そして、家に帰ってから報告してくれました。

私はその対処で頭がいっぱいになり、長女の気持ちを考えてあげる余裕がありませんでした。

お兄ちゃんの悪口言われたら、こう答えるんだよ。

「そういう人だってたくさんいるじゃない！」って。

「えらいね」「辛い思いさせてごめんね」って言ってほしいんだよね……。ありがとうね。

学校でも家でもしっかり者の長女につい甘えてしまっていたのです。

家ではきょうだいの面倒をみさせられ、学校では悪口を言われ、学校の先生が、暴れる次女を長女のクラスに連れてくる始末。

周りの友だちより、差別や偏見という人間の醜い面に向かい合う経験を強いられただろうに。

それでも同じ学校に行きたくないと一度も言わなかった長女。

自分以外の人を心から考えて悲しんだり苦しんだりする、優しい感情を育んできたんだと思います。

違う学校に通っていたら、長女はこんなに強くなかったかもしれません。

兄と妹が、どんなに頑張って周りについていっているのかを学校でも見ることができるし可愛がってくれる先生がいて、応援してくれる同級生がいることを、同じ学校なら肌で感じることができます。

一緒に育ったから、〝私も優しくなりたい〟と思い〝わかってほしい〟という気持ちが芽生えたのだと思います。

きょうだいに対して「かわいそう」「申し訳ない」と思いがちですが直接、支援するのは行政でも親でもなく、共に生きている人です。

兄と妹が受けた優しさを　長女が返してくれる。

優しさのバトンを受け取って誰かが誰かを助けるって、こんなドラマが隠されているのかもしれません。

毎日通う学校で起こることが、子どもを成長させます。

〝共に学ぶ・生きる〟をテーマに、いくつかのエピソードを書きます。

次女が小学二年のころ長女の作文であったように「病気」と言われる時期がありました。授業から逃げ出したり暴れたり……そんな子を「病気」と思うのでしょう。「病気」だから授業を飛び出してもしかたない、「病気」だから出来なくて当たり前、そんなふうに思われはじめたのかもしれません。

「病気」がいつか「障害」に変わるときがくる。
「障害」があるから許されることが「支援」であってはならない。
悪いことは注意してほしい。
自分を律する人間になってほしいから。
頑張って、と言ってほしい。
向上心を持ってほしいから。

できるかもしれないことにチャレンジして育てたいから、お願いだから、ここでうちの子を特別に許さないで！　みんな！

「違うよ！」「ダメだよ！」同級生からの刺激が必要でいろんなシーンと対応の仕方を学ぶこと、どんな子が優しいか見抜く力、友だちと遊ぶ約束の仕方、嫌われ方、ウケ方……などマニュアルで大人が仕組んでもノウハウは学べません。

体育の授業

ルールのない球技を楽しくやった方がいいという考え方の人もいるでしょう。

それも良いと思います。

しかしながら、最初からルールを知らなくても同級生に邪魔され罵倒され、それでも周りを見ながら体でルールを覚えざるを得ない状況にもっていく。

ボールに触れないかもしれないけれどそれでもたまにボールをくれる子がいてノーマークの長男と次女はミラクルシュートを入れる。

主力になれなくても、奇跡の人になる。

チームの一員として。

このように、身体で周りの状況を動物的に覚えることを蓄積していく刺激が多いに越したことはありません。

刺激に対してどう対処するか?

それは、本人が失敗経験を通じて積みかさねていくべきなのです。

診断されてから今までうまくいかないことや失敗はすべて障害のせいではないはずです。

失敗を成功への学習に変える能力を養っていく。

〝常に挑戦する〟

知的に弱いからこそ深く傷つかなかったりする彼ら。
傷つくのは、親の方かもしれませんが、
彼らが凹んでも立ち上がれるならば、頑張れる場所があるはずです。
それが〝音楽〟でした。

長男は、幼い頃からバイオリンを習っていました。
音楽をやっていたおかげで、小学校から高校まで吹奏楽部に八年所属してきました。
小学校の卒業文集に「中学で吹奏楽部に入ります」と書いて希望を胸に入学しました。
しかし、仮入部期間にショックなことが起きました。
吹奏楽部の顧問が入部を拒否してきました。
「コンクールに出せない」というのです。
小学校でやってきたのに？　コンクールに出なくていいから在籍させてほしい！
あきらめずに吹奏楽部一筋、仮入部に通うお兄ちゃんでした。
しばらくすると……「大丈夫みたいです」と連絡がありました。周りの子が助けてできそうだというのです。

小学校のバンドメンバーがほとんど吹奏楽部に入りました。

その子たちが顧問にお願いしてくれたというのです。

何てありがたいんだろう！

まさに旧小学校の〝絆〟。

理解して寄り添ってくれるのは同年代の健常の子たち。

長女もその一人です。

奇跡を起こすのは、本人じゃない、親じゃない、周りの子たちだ。地域の人なんだ！


一年のときはコンクールに出ずに銅賞でしたが、二、三年には出させてもらい、二年連続金賞でした！

長男は、パッと見で能力がないと判断されがちなのです。

しかし、時間が経つと〝意外とやるね　頑張るね〟と、良い印象が残るようです。

〝情〟を誘うポイントが高いのです。

顧問は長男を、

「指示された仕事は必ずやり遂げる。真面目で素晴らしい。周りの空気を変えてくれる」

こんな言葉を残してくれました。

全日制の普通高校に入学し、そこでも吹奏楽部に入りました。

自閉症の子は〝鉄道マニア〟が多いですが、彼も例に漏れずその一人です。

鉄道系の高校に入り、趣味が同じクラスメイトの友だちを何人か作りました。

渋谷駅での研修も、お客様の質問に答えて立派にやり遂げました。

高校野球の吹奏楽応援団として神宮球場で真っ赤に日焼けしてきた長男。

演奏会では、初めてドラムを任されました。

知能が低く、○○ができないとか苦手とか、コミュニケーションが取れないとか、専門的に見て特別に配慮が必要な人間かもしれないけれど、学校生活では、容赦なく注意され、叱られ、激励されました。

「特別扱いするつもりはありません」

現場の先生は当たり前のことをしてくださいました。

自然に、彼のできる範囲で、そう、当たり前の学生生活を過ごしてきたのです。

平行して弦楽器を続け、バイオリンからヴィオラに転向。

オーデションに合格し、現在もプロの演奏家と一緒に地元のオーケストラで演奏しています。

曇りのない特別な才能があるわけでもなく、普通に学び育ち、普通の人達のオーケストラの一員としてやっている長男は、手帳を持っている障害者ですが、普通の人でありたいのです。

普通の人の中にいることが〝自然な姿〟なのです。

タブーかもしれませんが、普通な人になりたいって思ってもいいですよね？


ハンデがあっても、ひたむきに取り組む姿勢と、純粋な心、熱意と姿を見て、関わって、触れ合うことではじめて本当に理解してもらえるのではないかと思います。

そんな機会が増えればいい。

仲間意識が育ち、人の思いやりに感謝して育つ場所がもっとあればいい。

我が子は健常児たちが築く社会で生きるのです。

この健常児たちが偏見をもてば、偏見の強い社会になってしまう。

違いを認めてもらわなければ、違う人間を排除する社会になってしまう。

特性を個性として受け止めてもらって、障害者と健常者の壁が低くなるといい。

人を信じて人と関わること。

いじられキャラでもおバカキャラでもいい。

障害があるからこその魅力的な人柄で、好意的に見てくれる人を増やすこと。

彼らにその方法を身につけてほしい。

それが私の望みなのです。

オーケストラで心を一つにして響きあう。
ベートーベンが、モーツァルトが、神の声となり、
その空間が宇宙となり、
共に生きる、共に育つ。
自然な姿が音とともに、人の心を動かすのです。
オーケストラにいろんな楽器があって、役割があるように、いろんな人がいて役目が
あって、心をひとつにできますよう。
音楽に祈りをこめて。
今年も仲間たちと、定期演奏会の練習に励んでいます。

こだわっていいんだよ

駿河あすか

我が家の長男ひーちゃんも、この春、中学一年生になりました。まず、ひーちゃんという男の子のことを説明しておきます。

小一の四月の家庭訪問時に、担任のF先生から受診を勧められ、医療センターで広汎性発達障害・アスペルガー症候群と診断されました。

診断を受けたのは、その年の八月ですが、担任の先生からのご指摘以来、私もインターネットを中心に、発達障害について調べました。そのなかで、自閉症協会の「アスペルガー症候群を知っていますか」というページを偶然目にしました。

このページに書いてあることのほとんどが、ひーちゃんの特徴に合致していました。間違いなくこの子はアスペルガー症候群だと確信しました。

思い返せば、もっと早く、ひーちゃんがアスペルガー症候群だと気づく機会は何度もあったのです。

まず、ひーちゃんは、なかなかしゃべりませんでした。市の健診で、「指差しをしない」

と指摘を受け、二歳五か月時に県立病院を受診し、発達が一年半程度遅れていると診断されていました。

言葉の遅れを特に気にしなかったのは、ひーちゃんパパも三歳頃まで話をしなかったということを義母から聞いていたからです。

ひーちゃんが初めて口にした言葉は、パパでもママでもマンマでもなく、ある企業名でした。家の洗面台と便器に印字されているアルファベットが気に入ったのか、得意げに「とーと」と、何度も言いました。二歳六か月のことです。ちなみに、二番目の言葉は「けしゴム」、三番目は「えい・びー・しー」でした。

県立病院で指摘を受けた八日後に、ひーちゃんが話し始めたことも、「もう、ひーちゃんは大丈夫。スタートが遅かっただけで、これから急ピッチで成長してくれるに違いない」という間違った思い込みをすることになった一因だったと思います。

ちなみに、ひーちゃんパパにもそういうことがあったと義母が話してくれていました。外出先で信用金庫の看板を見ると、「〇〇信用金庫と書いてある」と突然言い始めるのだそうです。幼稚園から小学校低学年の頃には、家にあった小学生用の国語辞典を読破してしまい、中高生用の国語辞典をねだったそうです。私たち夫婦は、ともに公務員です。

ひーちゃんは、バイクが大好きです。一歳になる少し前に歩けるようになり、お散歩に行くと、なぜかバイクのまわりを長時間飽きることなくうろうろしていました。バイク好きは今も続いており、中古車情報誌を買ってあげるとボロボロになるまで読んでいました。

そんなバイク好きなので、小四のとき、鈴鹿サーキットを旅行先に選びました。遊園地内でキッズバイクに乗れるからです。幼稚園くらいの子でも、インストラクターにやさしく教えてもらい、短時間でコースを回っていました。

しかし、ひーちゃんは、なぜかバイクに興味を示さず、勧めても別のアトラクションへ行きたいと言い出す始末でした。リベンジのため翌年訪れたときには、ようやくバイクに乗ってくれましたが。

ひーちゃんが好きなもの、二つ目は、エレベーターです。やたらと見たがり、乗りたがります。ショッピングモールやデパートに行くと、買い物よりも何よりもエレベーターを見たがります。エレベーターの会社名や色についてやたらと説明してくれます。

ひーちゃんが好きなもの、三つ目は、鉄道です。休日には、とにかく電車に乗って出かけたい人です。関西近辺の駅は、たいてい知っています。駅名を替え歌にして歌っていることさえあります。

ひーちゃんと一緒にお出かけをして困るのが、行き方や帰り方にこだわることです。たとえば、JRまたは地下鉄という二つの手段があるとします。ひーちゃんパパは地下鉄の通勤定期券を持っているので、当然のように地下鉄の駅へ歩き出したら、JRが大好きなひーちゃんは、かんしゃくを起こします。さすがに高学年になると、きちんと理由を話せば、すさまじい抵抗をすることはなくなりました。

道順についても、強いこだわりがあります。出かける際に通ったのと同じ道を、帰りにも通りたがります。行きしなに、「帰りもこの道、通ろな」と何度も言ってきます。

予定変更にも、低学年の頃にはなかなか適応できませんでした。小一の運動会が雨で中止になったので、日曜日にもかかわらず学習の用意を持って登校ということになりました。ひーちゃんは、「運動会、あるよ」と言って大泣きしたので、学校まで私が付き添って登校させた記憶があります。

翌年の運動会も雨で中止になったのですが、前日に特別支援の先生方が絵カードを作って説明してくださったようで、混乱することなく登校できました。

運動会といえば、かけっこやリレーがつきものですが、ひーちゃんは、短距離走が異様に遅いのです。当然、これまでの運動会の徒競走はすべてビリです。負け方も半端ではありません。低学年のときなど、次の組のスタートが大幅に遅れるくらいの負けっぷりでした。

なぜ遅いかというと、短距離走の走り方をしていないからです。正常発達の子どもの場合、距離に合わせて無意識のうちに走り方を変えています。しかし、ひーちゃんはそれができないのです。どんな距離でも、長距離走のようなふわふわした走り方になってしまうのです。普段の歩き方も少しおかしいです。ぴょんぴょん跳ねるように歩きます。

運動会以外でも、体育の授業で苦労したことはたくさんありました。小一の体育の参観時に、ボールつきを一斉にやり始めたのですが、ひーちゃんだけボールをつけていませんでした。

ボールをつくタイミング、力の入れ方、姿勢がぎこちないのです。さっそくドッジボールを購入して家でも練習させましたが、うまくできません。そこで、より跳ねやすく大きいソフトバレーボールを使って練習させてみたところ、ボールをつくことができました。それである程度感覚をつかませてから、ドッジボールで再びやらせてみるとできるようになりました。

振り返れば幼稚園の参観時にも、同じようなことがありました。二段くらいの低い跳び箱の上からジャンプして、前で先生が持っているタンバリンをたたいて着地するという動作が、クラスでひーちゃんだけできなかったのです。ひーちゃんがやると、完全に着地してから、タンバリンをたたくという二つの分離した動作になってしまうのです。

このときはまだ、単に運動神経の鈍い子どもだと思い、すぐに体操教室に通わせることにしました。半年ほど通ったと思うのですが、教室通いを泣いて嫌がるようになったので、やめることになりました。結局いまだに鉄棒の逆上がりさえできません。

ひーちゃんのエピソードや苦労したことは、ほかにも山ほどあります。とても一〇枚の原稿用紙に収まるものではありません。一〇冊くらい本が書けそうです。でも私たち家族には、立ち止まっている時間はありませんでした。ひーちゃんのために何かできないか、どうしたらうまくできるようになるかを常に考え実践し続けた小学校の六年間でした。

小一でアスペルガー症候群と診断された頃、母である私の胸がキューンとなったエピソードをひとつ。ひーちゃんは、夕方、子ども部屋でひとり、アニメちびまる子ちゃんのエンディングソングを歌っていました。その中に、「迷って悩んで涙あふれ出しても　明日はお日様もっと輝いているよ　何かでつまずいたり　立ち直れなかったり　いろんなことがある人生だから」という歌詞があるのですが、そんなフレーズを何の屈託もなく歌っているひーちゃん。さすがに、このときは泣けましたね。これからのひーちゃんの苦難の人生を考えますと。それなのに、何もわからず楽しそうに歌っている無邪気なひーちゃんが目の前にいるのですから。

あと、どうしてもお伝えしておきたいことがひとつあります。ひーちゃんには、二学年離れた弟がひとりいます。この子は、正常発達組です。ひーちゃんは、手はかかりますが素直な子です。弟の方は、明るく器用で、かしこいですが、強情で繊細で焼きもちやきでおまけに傷つきやすい子です。夏休みや春休みの最終日の夜には、きまってしくしく泣きます。一方、ひーちゃんが学校に行きたくないと言ったことは一度もありません。むしろ学校が大好きです。

何が言いたいかというと、正常発達の子もそうでない子も、子育ては同じように大変だということです。親の援助や愛情を必要としているのは、正常発達の子も変わりません。発達障害の子どもだけが特別大変なわけではないと私は思うのです。

小学校では、先生方やお友だちから、ご支援や励ましを受け、実に様々なことができるようになりました。小六の夏には、海での一キロ遠泳にも成功しました。幼稚園から続けているピアノでは、私には到底弾けない難しい曲が弾けるようになり、驚くばかりです。先生方やお友だちに感謝しています。

彼は、自分がアスペルガー症候群であることもわかっています。診断直後の早い段階から、彼に伝えることにしました。なぜなら、彼がその特性を生かして活躍できるような職業に就いてほしいからです。

最後に、私から彼に伝えたいことをひとつ。「こだわっていいんだよ。むしろ徹底的にこだわってみなさい。そして、いつか社会の役に立つ大きな人間になってください」

異国の空の下で

趙　美景

韓国人である私が来日してかれこれ二〇年になる。韓国の大学を出る前からソウルの貿易会社に勤めていたが、当時の韓国は男性中心社会で、女性社員は結婚を機に寿退社するのが当たり前だった。それゆえ、仕事を続ける気にならず、もっと自分を高めたい気持ちが強くなり、二年で退職した。日本への留学を決めたのは、韓国社会に対する不満もあったが、親から早く独立したかったという理由もある。

私は親があまり好きではなかった。私が幼い頃、家には、兄弟以外に沢山の子どもがいた。市役所の福祉担当職員だった父は、見知らぬ子どもを次々と連れて帰ったからだ。朝鮮戦争の廃墟から立ち上がる「漢江の奇跡」の時代、街には捨て子が後を絶たず、父は仕事上、そのような子をまずは自宅へ連れ帰った。子ども同士の喧嘩は絶えることなく、母が毎日泣いていたのを覚えている。父はその子たちの実の親を探しつつ、里親探しもした。だが結局、行き場がない子は我が家に残ることになった。

その中に、とても気の強い女の子がいた。私とはいつも喧嘩ばかりだったが、ある時彼女が母の金を盗み、私の妹を連れて家出してしまった。母は倒れ、父は妹を探し回り、数日後、警察からの連絡で、路上で泣いていた妹を老夫婦が保護してくれたことを知った。だが、あの女の子がどうなったのか、誰にも分からなかった。

父は亡くなるまで、いくばくかのお金を、貧しい子のための奨学金にしていた。父は倹約家で、私たちには贅沢を許さなかった。私は子どもながら、こんな親から早く離れて、自由な生活をしたいと思っていた。このようにして私は日本へ来た。

私は日本の大学院を終えた後、日本で結婚した。私は長男を三四歳、次男を三七歳のときに出産した。長男は何事にも興味をもち、聞き分けのよい優しい子だった。「子育てってこんなに楽かな」と思うほどだった。ただ、保育園での長男は、やんちゃな子に泣かされることが多く、喧嘩ができない。もっとやんちゃで気が強ければいいのにと、気を揉むこともあった。

だから、二番目の子は、少し気の強い子だったらいいと思っていた。その期待通り、お腹の子は元気で、私の寝返りすら許さない気の強い子だった。いつも同じ姿勢で寝る日々が続いていたが、予定日に生まれ、健康そのものだった。

だが、次男は一旦泣き出すと泣き止まない。ミルクを少し吸っては、激しい痼癪を起こすので、一回分のミルクを何度も温め直して飲ました。標準体重にも満たず、乳幼児健診ではいつも何かが引っかかった。

それでも九か月ぐらいでつたい歩きをはじめ、一歳になると、走り回るほどだった。ところが一歳になっても言葉は出ず、夜中に起き出しては、部屋の外へ飛び出し、泣きわめきながら走り回る。その行動は、五～六歳まで続いて、そのたびに布団や枕を風呂に持っていっては水をかけた。やめさせようとする私と、泣きわめく次男と、毎晩地獄のような有様だった。

それでも普段はよく笑って、抱っこが大好きな甘えん坊である。その笑顔は、たまらなく可愛いもので、将来がとても楽しみでもあった。

しかし、長男とは明らかに違うことに戸惑いを感じはじめ、一歳児健診から児童相談所に通っていたが、ある時、専門医から自閉症の可能性を告げられた。

「そんな～、嘘だ……」とつぶやく私に対して、医者は「二〇歳になって、交通事故にあう人もいる。交通事故に早くあったと思えばいい」と言った。そんな言い方では慰めにもならず、目から涙が止まなかった。その日の夜中に、夫は、インターネットで、情報を集めはじめ、夜中の暗いリビングで、パソコンの青い光が、歪んだ夫の顔を照らしている。

「一生、治らない……」

私は、夜中に起き出して次男を車に乗せ、海まで飛ばした。生きるか死ぬかも考えた。だが私には長男もいる。何一つ諦められない。絶対この子を立派に一人前に育てようと決心した。

発達障害児の中には、特技をもつ子がたまにいる。ならば、次男にも得意なものがあるのではと、特技探しのための習い事が始まった。片言しかしゃべらない次男にとって、集団行動は難しい。一人でできることは何か。水泳、テニス、ピアノ、科学実験教室とチャレンジする習い事は増えていった。

水泳は、痼癪を起こすと水をかぶることから思いついたのだが、テニスは、丸いものが好きで足が速いことから、科学実験教室は、ものの回転を楽しそうに見つめることから思いついた。また、音楽を聴くと落ち着くこともあったので、ピアノも始めた。

私の性格は、何事も熱血で、アスリート型人間である。次男が暴れて痼癪を起こそうが、絶対に譲らず、やると決めたことは最後までやる。もちろん、やると言っても、無茶をするのではなく、次男ができそうなことの少し上を目指す。

水泳は、観覧席から常に問題点を観察しておき、夜、布団の上で、手足を動かす練習をさせた。コーチの言葉による説明では、よく分からなかったようだ。テニスは私も一緒に習いはじめて、次男に毎日コーチした。

ピアノは二年生の春から始めたが、なかなか難しかった。音符の習得は、音階の一つひとつに色を決めて塗ることから始めた。曲の練習は五回やるという約束で、途中、間違った場合はカウントしないことにした。お稽古のときは付きっきりだったが、上手く引けなくなると痼癪を起こして、中断することもしばしばだった。それでも次男は辞めようとはしなかった。

昨年は、遠方への転居もあったため、新しい先生を探しはじめた。近所のピアノ教室に行って、次男の特性を説明して、それでも大丈夫ならお願いしたいと言ったところ、快く受け入れてくださった。昨年は、新しい先生の下で、初めてピアノ発表会に参加できた。緊張気味の次男は、舞台の上をぎこちなく歩き、挨拶したが、初舞台にしては立派に、ブルクミュラーを二曲弾いた。保育園時代の音楽発表会では、人前に立てずに泣きわめいていたことが、今や懐かしく感じる。

さらに去年の夏、楽器店の店頭でバイオリンを見つけて、吸い込まれるように入っていった次男は、その前から離れなかった。バイオリンは、家族の誰も経験がなく、未知の楽器だった。もしダメならやめればいいという軽い気持ちで、体験レッスンを受けた。その音色を聞きながら、「すてき!」と嬉しそうに言っている次男に感動した先生が、「やってみましょう」と快く受け入れてくださった。

半年経った今、それなりに格好がついてきたが、正確な音を出すのに苦労をした。次男は異常に音に敏感で、音がずれると泣きわめくこともしばしばだった。しかし、先生のお手本をスマートフォンで撮影したものを利用して、先生の演奏に合わせて引く練習することで、より正確に弾けるようになった。先日、初めてのバイオリンの発表会でも堂々と演奏することができた。

習い事は、意思疎通がうまくできない次男の得意探しの一環であり、周りの人々と接することで次男のこれからの人生が豊かになるのを願ってのことだ。たとえば、スポーツが出来れば、外の空気を吸う機会が増え、音楽ができれば、気持ちを落ち着かせられる。トラブルが怖くて引きこもるのは、理不尽だと思う。

習い事は一人でできるが、学校はそうではない。転居の後、新しい学校での特別支援学級のスタートは、予想通り良くないものだった。転居前のように暴れ、ほかの子に当たることも増えて、トラブルが絶えなかった。毎日のように、クラスの誰かに、謝りの電話をするのも辛かった。一人の親御さんから、「仲良くはできない。近付かないで」と言われたこともあった。同じ境遇にいるので互いに理解してもらえるかもと思っていたのは甘かった。

ある日、頑張っていた担任から「薬は使っていませんか」と聞かれた。できれば薬は使わずに落ち着くことを願っていたのに。もう限界と、孤独感でたまらなくなった。

その後、療育専門病院を探し、診察を受けることができた。専門医が与えてくれたアドバイスは、忘れかけていた支援の仕方だった。可視化による支援や、良し悪しのメリハリを付けることなどだった。言葉で曖昧に説明するより、良いことと悪いことを区別できることが大事なのだ。

私はその日からシールを使いはじめた。良いことをするとシールを与え、悪いことをするとシールを没収する。シールを集めれば、欲しいものが買える。シール五枚でハンバーガーセット、シール二五枚でゲームソフトなど。次男が欲しがるものが増えるほど、いやなことでも頑張り、落ち着けるようになった。いらいらは今でも続いているものの、学校生活でも、落ち着ける場所に自分から行けるようになった。

振り返ってみると、次男が生まれていなければ、問題を抱えた子どもを家に連れ帰った父の気持ちも分からないままだったかも知れない。人間は、自分が置かれてきた環境や社会が一番正しいと思い込んでしまう。私はいろんな境遇を目の当たりにして、すべてがお互いに異文化なのだと気づいた。異文化を相互理解する必要性は、この地球で生きていく上で、今や当たり前になりつつある。なのに、発達障害者だけが例外なのは、おかしな話である。

次男を、発達障害児である前に、自分の子として必死に育てることは、長男の場合と変わりない。だが療育に関しては、その子の特徴をきちんと見極める必要がある。その上で、社会の協力のもと、家族と連携して療育していくのが大事だと思う。

私のような外国人が発達障害児をもって異国の空の下で暮らすのは大変なことだ。しかし、経験を共有する機会をもつことによって、同じ立場の家族たちと子育てのヒントを話し合えればと思う。そうすれば、あのとき、多くを語らなかった父の気持ちに一歩近づけるような気がするのだ。

親も子も「一歩一歩の成長」をゆっくり歩んでいこう！
～重度自閉症とてんかん発作の育児の日々の中で～

鶴田名緒子

息子は六歳の誕生日を迎えます。ここまで成長するのにたくさんの試練がありました。彼は重度の自閉症で言葉を話すことができません。そして、てんかんの持病があります。私の誕生日の四日後、神様からのギフトのように息子が誕生しました。五体満足で異常なしという診断を受けて「障害がなくてよかった」と安堵し、わが子の誕生を喜びました。しかし、成長するにつれ、さまざまな疑問符がついてくるようになってきました。まず、授乳するたびに一時間以上かかるので、体力的にも大変な重労働でした。また、抱っこすると背中を反らせて嫌がるので、長時間は抱っこをすることはできませんでした。抱っこ紐を使おうと試みたこともありましたが、火が着いたように泣くので、とうとう使うことができませんでした。自転車も怖がるので、お出かけにはいつもベビーカーや自動車を使いました。安定感のある乗り物を好み、その間はとてもご機嫌でした。今思うと、赤ちゃんの頃から体に触れられたり、拘束されるのを嫌っていたように思います。

その後の成長もゆっくりでした。首が据わるのも、つかまり立ちをするのも、歩き始めるのも、同じ月齢の子どもより数か月くらい遅れていました。私は子どもの成長は一人ひとり違うものだし、なるべく気にしないようにと自分に言い聞かせていました。しかし、それでも心配なことがありました。それは言葉の発達が二歳になってもまったく見られなかったことです。一語文どころか「ママ」とも言ってくれません。歩き始めることができるようになると、親の制止を聞かずにどこまでも走っていってしまいます。息子は私のそばでじっと立って待つことや、座っていることができないので、片時も目を離せない状態が続きました。そのため、私の気持ちはいつもハラハラと休まることがありませんでした。

「おかしい」と頭のどこかで思っていながら、「男の子はそんなものだよ」と先輩ママに励まされたりすることもあって、成長を待てばやがて言葉が出るのだと信じていたかったのかもしれません。

三歳の誕生日を控えたある日、初めて近所の保育園に預かり保育を頼んでみました。保育園に息子を引き取りに行って帰ってくると、その保育園から電話がかかってきました。内容は「お子さんは他のお子さんと違うので、今後預かることはできません」という、すげない言葉でした。私はその言葉を聞いた途端、これまで経験したことのないようなショック状態に陥りました。私は泣きながら、

「どう違うと言うのですか！」

と電話口に向かって叫んでいました。電話を切ると、泣きながら必死にパソコンで検索して発達をみてくれる病院を探していました。

診断結果は「広汎性発達障害で自閉症の傾向がみられる」というものでした。それからは、鉛を飲み込んだような日々が続きました。毎日が色褪せて見え、外で子どもを見ても「息子はあの子たちとは違うのか」と、保育園から言われた言葉が蘇ってきて、とても辛く悲しく、泣いてばかりいました。

ある日、市の発達相談の待合室で、自閉症の子について描かれた絵本が置いてあったので開いてみました。あまりにもわが子の特徴にそっくりで、衝撃を受けました。道路脇の側溝から石をポチャンポチャンと落とす姿、くるくるその場で回転することを好む姿、混乱してパニックになる姿などが絵本と重なりました。それは、自閉症の子の特徴なのだと初めて知った瞬間だったかもしれません。

「やはり、息子は自閉症なんだ」と現実を突きつけられたように思いました。

最初の頃は相談に行っても、あまりにも辛い現実に私自身が取り乱すことが多かったように思います。息子と一緒に叶えたいささやかな夢も遠くに行ってしまったと思いました。

そんな日々を過ごすうちに、来年度の幼稚園を決める時期にさしかかっていました。息子は子ども同士で遊ぶのを好む性格だったので、元気に活動できる環境が必要だと思いはじめていました。日中はほとんど息子と部屋で二人きりで過ごすことが多く、孤独感や不安感がいっぱいで、どのように育てたらいいのかわからなくなっていました。

しかし、幼稚園を探すにあたり、

「息子は自閉症です」

と伝えると、幼稚園に断られることが続きました。幼稚園見学に息子と出かけることもありましたが、多動な息子が統制のとれた幼稚園に馴染むことはとても難しいことだと肌で感じました。それでも、自閉症というだけでなぜここまで拒絶されてしまうのか理解できませんでした。社会から取り残されてしまったような冷たい現実に直面して、愕然とする思いも何度となく経験しました。

それと同時に、私自身が健康に何の疑問もないままに育ち、障害のある人とこれまで関わってきたことがなかったという、配慮のなさにも気づかされたのです。

息子がのびのびと自分らしく過ごすことができる園を探せたら。そこで、出会ったのが今通っている統合保育をしている保育園です。

こちらでは、さまざまな障害をもった子どもと健常児が一緒に保育園での生活を楽しんでいます。見学に行ったとき、ようやく息子に合った園が見つかったと感じました。他の幼稚園では「何も急がなくても年中から入園させてみては……。家庭でもう少し育てたら……」と、幾度となく言われました。しかし、どれも私の心に届くことはありませんでした。私はこの子は社会で、多くの友達や支援してくださる方々と関わりながら育っていく方が世界が広がると確信していました。

それを統合保育の保育園の園長先生に伝えると、

「私もそう思います。園に来てください」

と、言っていただけて、初めて息子を受け入れられたことの嬉しさで涙がこぼれました。

しかし、入園した数か月後、息子は四度目の激しいけいれん発作を起こしました。赤ちゃん時代から年に一度、熱性けいれんを起こしてきたのですが、三度目のときは熱もないのにけいれんを起こしたため、病院で検査を受けようと思った矢先の出来事でした。

結果は脳波に異常が見つかり、てんかん発作だということがわかりました。薬がなかなか合わず頻繁に発作を起こす中、ときには保育園から病院へ救急搬送されることもありました。仕事を早退して病院に向かうことも多く、職場の温かな理解にはとても感謝しています。

そして、息子のてんかん発作がいつ起こるのか不安でたまらない日々に、突然起こった東日本大震災。その後も大きな余震が頻繁に起こり、揺れがなかなか収まらない中、病院に通う日々が続きました。計画停電の予定を確認し、息子に不要なストレスを感じさせないように、生活リズムを崩さないように心を砕きました。睡眠不足は発作の誘発原因の一つでもあったからです。

東日本大震災のあった年には、息子は結局てんかん発作を一三回も起こし、そのうちてんかん重積で四度の入院をしました。

「どうして、私たち家族にはこんなにたくさんの試練がのしかかってくるのだろう？」と集中治療室や小児病棟に通うのが精神的に辛かったです。

しかし、息子は幼いのに親元を離れ、一人入院生活を余儀なくされながら懸命にがんばっていました。辛い検査を幾度となく受け、とても苦い四種類ものてんかんの薬を、夜と朝必ず飲んでくれる姿に心を打たれました。

話すコミュニケーションがとれないので、言葉にできないもどかしさや不安な思いをきっと幼心《おさなごころ》にいっぱいに抱えていることを思うと、胸が張り裂けそうに痛みました。

そんな息子を見て、私たち親も息子が安心して成長できるように、前向きに強く生きていかねばならないと思うようになりました。息子ができないことや苦手なことは生活の中で工夫しました。

現在、保育園では、周囲の協力を得ながら、社会で一緒に育てていけたらと思っています。保育士のみなさんは息子の特性を大事にしてくださり、園での生活をのびのびと楽しめるように配慮していただいています。また、こちらの保育園では、園長先生や保育士さん、臨床心理士さん、看護師さん、そして障害をもつ子の親たちが月に一度集い、お互いの子育ての悩みや成長の喜びを共に分かちあう機会となっています。

てんかんは理解のある主治医のもと治療中ですが、薬が少しずつ合ってきたことや、成長に伴い体が少しずつ丈夫になってきたので、以前ほど頻繁に発作を起こすことはなくなってきています。

発作がおさまってくると、発達の伸びが感じられる機会も多くなってきました。トイレの自立や、衣服の着脱、苦手だったボタンがけもできるようになりました。料理を作ることを楽しんでみたり、犬の世話をしたり、息子が生活の中でできることに挑戦している姿が微笑ましいです。今でも落ち着きはないですが、自分の好きなことをやっている間はとても集中して取り組めます。息子の好きなことを無理のないように増やしていき、集中できる時間が長くなっていけば、結果的に多動な行動は減っていくものと感じています。

病気のため旅行も諦めていたのですが、先日は念願が叶い、家族で沖縄に行くことができました。息子に大自然を感じさせてあげることもでき、奇跡のような幸せな旅でした。

理解ある方々との出会いを通じ、息子は一歩一歩着実に成長しているのを感じます。私たち親も息子から「生きるとは何か」を日々教わっています。生きる喜びと輝きをいっぱい届けてくれる息子に、心からありがとう！

我が家の小さな先生たち

堂﨑眞由美

我が家には小三、小一、保育園の年中さんの三人の男の子がいる。長男と次男は自閉症で、現在は特別支援学校に通学している。

長男は、一歳半健診で対人関係の希薄さを指摘され専門医へ紹介された。次男は、発達障害の知識を得ていた私たちから専門医の診察を希望した。長男のときは、偶然、発達障害を知り「もしかして」と半分覚悟していたので「やはりそうなのか」と強いショックはなかった。今思えば、発達障害をよく知らなかったから、ショックは少なかったのだ。発達障害と言われ、療育と保育園など小集団の中での生活を勧められたが、それ以上の具体的な情報はなかった。どういう障害なのか。この子に親として何ができるのか。どんな福祉があるのか。一生懸命、情報を集めた。のちに「自閉症」のDVDを見て「大きくなってもこれくらいなのか」と愕然《がくぜん》とし、とても悲しくなった。「どうして発達障害になったのか」それればかり考えていた。何を見ても原因はわからず、モヤモヤした気持ちのままだった。長男は診断を受けて、すぐ週二回の小集団での療育と少規模保育園への通園を始めた。やがて次男も同じ道を辿ることになった。次男のときは、診察を私たちから希望し覚悟をしていたが、実際に専門医の口から診断を受けた瞬間、号泣してしまった。長男のときは知識がなかったが、自閉症を理解したうえでの診断はとても辛かった。しかし凹んでばかりもいられず、長男とあどけない次男の二人連れの療育が始まった。二人の共通の特徴は、多動、危険認知の低さ、言葉の遅れ、指示の伝わりにくさ、偏食、睡眠障害、パニックになりやすい……といった本に載っているような典型的なものだった。長男も次男も勝手に外へ行き、何度も迷子騒ぎになった。ある時は実家に預けていたら長男が行方不明になり、呼んでも返事もしない子どもだったので必死に探した。しばらくしたら大泣きしながら泥だらけの裸足になって帰ってきた。母はその日一日ご飯が喉を通らなかったらしい。そんな訳で、窓という窓は突っ張り棒で固定して閉めきられ、洗濯物はもう何年も室内干ししかせず、常に除湿機が動いている。お日様の下で干すのは布団をたまに干すくらいだ。窓を開けないので、エアコンばかりに頼っている。トイレの訴えもないため、紙おむつが手放せない。何とも不経済だが仕方がない。夜も寝ないうえに、大声を上げる、徘徊する、壁を蹴る……など、本当に疲労困憊《こんぱい》する毎日だった。

年齢を重ねていくと、それぞれの個性というか、こだわりの違いが目立ってきた。気づくと長男も五歳。次男ももう一年以上療育に通っていたが、正直「成長したな」と思うことはほとんどなかった。それどころか、こだわりが強くなり行動範囲も広くなって大変だった。三男も歩きはじめ興味も広がり……と三人相手に慌ただしく毎日が過ぎていった。長男はデジタル表示や機械操作が大好きだ。言葉は出てこないが、CD操作をしながら鼻歌を歌いはじめた。これだ！　と私は思い、好きな鼻歌で発音の練習を始めた。お風呂に入りながら一緒に歌を歌い「あいうえお」表も浴室の壁に貼った。次はDVDプレーヤーのリモコンにも興味が広がった。勝手に操作して支障が出るようになった。携帯電話はさらに興味がある。触らせないために、興味の対象物はどんどん高い所に移動していった。しかし、怖いもの知らずの長男は何かしら足台代わりにしたり、忍者のように這い上がったりして、転落など大怪我の危険性が増えた。結局、何もかも押し入れに仕舞い込まれ、湿気の多い借家では、ノートパソコンやCDラジカセなどはカビの餌食となり、気づけば使えなくなっていた。

次男は長男よりさらに言葉が出なかった。そのうえ、長男以上にこだわりが強かった。言葉として意味のあるものは、五歳になる頃にやっと「ちょうだい」の一言。しかも、どうしてもしてほしいというときだけ。本を読んで。物を取って。貸して。すべての要求が「ちょうだい」なのだ。こういう言葉の出ない子どもと向き合っていると、行動や状況から「何を欲しているのか」をある程度は理解できるようになったが、この「ちょうだい」の解釈を間違えて対応すると、次男はパニックになった。すべてにおいて次男のルールがあった。食べ方ひとつでもそうだ。麺は必ず左手に一本確保。右手で一本ずつ取り、必ず左手に持った麺と長さを比べて食べ、常に長い麺が左手にぶら下がっており、食事が終わっても持ち歩く。食べ物は基本的に嚙み切ることをしないので、あらかじめ一口大に切った。そうしないと詰め込みすぎて飲み込めないからだ。しかし、この一口大に切ることを目の前でするとこれもパニックになる。何でも初めに見た状態を崩されるのが嫌なのだ。でも食いしん坊なので台所によく来て、準備中の様子を覗くのだ。そして調理中は丸かったハンバーグが細切れになって出てくるとパニックになることもあった。白ご飯が好きで、台所ではお皿に白ご飯だけだったのに、食卓に出てきたらカレーがのっておりパニックになったこともあった。良かれとしてやっても、次男のこだわりの基準と違っているとご機嫌を損ねて大変な騒ぎだった。いわゆる癇癪《かんしゃく》がひどく、奇声が響き渡る毎日だった。「触らぬ神に祟《たた》りなし」当時はそう言われていた次男だった。散歩に行っても「前進あるのみ」で決して戻らないため、時には四キロ以上先まで車で迎えに行ったこともある。パニックの対応で困って専門医などに相談しても、結局、こだわりの違う自閉症二人の掛け合いや低年齢で理解力が未熟だったこともあり、なかなか解決策が見つからなかった。

三男も落ち着いてきたところで、医療福祉センターに母子入院し、集中して療育を受けた。長崎県の離島に住んでいるため、移動は船か飛行機だが、少々高くついても短時間で移動できる飛行機を選択した。初めての母子二人旅。不安ばかりだったが、出発からその嫌な予感は的中した。「飛行機に乗らない」とパニックになったのだ。何とか飛行機に乗り込んだが、泣き暴れ、私は汗だくになって懸命に抑え込んだ。こんなことの繰り返しで、何とか長男を二回、次男を三回連れて行った。いくつか入院コースがある中で、プレスクールという集団生活を見据えた療育も受けた。同年代のお子さんたちと二週間共に過ごしたが、「ん？　わが子は同じ発達障害の中でも大変なんじゃないか？」と実感させられた。

長男が五歳になった頃、夫の両親から「長崎に行ってはどうか？」と言われた。当時、地元には特別支援学校の高等部分教室しかなかったのだ。小学生が支援学校に行くためには、子どもだけ寮生活をするか、家族で長崎に引っ越す必要があった。地元には支援学級はあったが、専門医からも「早いようだけど、今のうちからしっかり考えておいて下さい」と言われた。長崎に行ったら親子だけの生活になる。今でこそ近くに両方の実家があり、家庭の事情を理解し配慮してくれる職場にも恵まれ、子どもたちも理解ある小規模の保育園に通園しているが、そのすべてが皆無になってしまう。ましてや誰か一人でも病気になったら、私一人ではどうしようもない。作業療法士の先生に参考に意見をいただいたが、地元で十分だとわかりこの地に残った。同じ発達障害児をもつお母さん方が、地元に特別支援学校開設の陳情《ちんじょう》を行い、小中学部も開設されるかも知れないとわかったからだ。これまでの先輩お母さん方の活動のおかげで、療育や教育の場、余暇活動の場が立ち上げられ、私たち親子も地元で安心して暮らしていけるのだと心から感謝している。

長男も次男も就学を見据える頃は、少集団から個別の療育に変わった。自閉症児のコミュニケーション支援教材を本格的に始めることになったが、同じ月齢で考えると、こだわりが緩い長男の方が順応性は早かった。しかし、日常生活にも取り入れようとしたが、カードは子どもたちの玩具となって活用できず、生活の中での成長を実感できなかった。

特別支援学校分教室小中学部が開設するとき、長男も時を同じくして就学だった。現在早くも三年生になった。次男もこの春同じ学校に入学した。こだわりの強い次男は、長男以上に先生方にお世話になっているようだ。二人ともあんなに憂鬱だった睡眠障害は改善された。本当に嬉しいことだ。しかも長男は言葉も増え、我が家の裏番長の三男と私が喧嘩していると「迷惑です」「静かにして下さい」など仲裁するくらいになった。長男らしく弟たちの心配もしてくれる。ポツリと話す言葉が面白く、癒し系だ。長男という良い見本があるから、次男のことも少し余裕をもって見られることも事実だ。ゆっくりでも自分のペースで頑張ってほしいと願っている。

発達障害と診断され、何度も泣いたり落ち込んだりしたが、その分ちょっとした成長も倍以上の感動だった。無意識に他の子どもと比べ泣いたこともあったが、今は「この子はこの子。こういう子なのだ！」と思えるようになった。まさしく「世界に一つだけの花」なのだ。私の知らなかった発達障害という世界・福祉について教えてくれる。「年齢を重ねていくつになっても、体験しないとわからない世界がまだまだあるのだ」と、この子どもたちから教えてもらった。この子どもたちのおかげで今の私がいる。今もたくさんの課題をもった子どもたちだが、確実に成長を感じるようになった。発達障害と診断されて泣いていた頃の私に「大丈夫だよ。成長するときが来るよ」と教えてあげたい。そしてまだ知りえない「初めて」の世界をその成長で私たちに教えてほしい。我が家の小さな先生たちよ。

紡がれし家族の日々

富田愛子

私には二つ年上の自閉症（広汎性発達障害）のある兄がいます。自閉症の兄がいると話すと〝可哀そうに、大変だったでしょう〟と一方的に〝可哀そうな人〟にされてしまうことがあります。それを言われる度に、自分が生きてきた要《かなめ》の部分を否定され、弱くて力のない人間にされてしまう気がして釈然としませんでした。確かに、大変だったこともあります。でも、それだけではなく、今の自分の価値観や意思の持ち方、人との接し方などは、この家族だからこそ築けたかけがえのないものだと思っています。〝子育て〟とは違いますが、共に育ち合う〝きょうだい〟として自閉症のある兄と一緒に育ってきた、両親に一緒に育ててもらった経験を書いてみました。充分に表現できていないかもしれませんが、読んでいただけると幸いです。

母の頑張りを知ってほしい

兄の様子がほかの子とは違うのではないかと母が保健師さんに相談したのは、私が幼稚園の頃でした。兄が自宅からいなくなりパトカーで帰ってくる（警察に捜索をお願いしたので）というのを何度か繰り返していたこと、病院や児童相談所に行くときに私も一緒に行っていたことを何となく覚えています。うちでは穏やかでよく笑う母が、病院や児童相談所なんかに行くときになると表情がなくて、子どもながらに言い難い緊張感を感じ、何とかしようと思いつく限りの楽しいことを話してみても、やっぱり重い空気が変わらなかったという出来事をたまに思い出します。それでも、母が私たちの前で泣いたという記憶はありません。たまに長くお風呂に入っているときがあって、そういうときはたいていが学校から兄のことで電話がきていたりして。後から考えると、母はお風呂の中で人知れず涙を流していたのかも知れません。

母は仕事をしていたので、きょうだいで家事を分担でしていました。私は茶碗洗いや掃除、兄は米研ぎです。兄は米を研ぐときに、米の感触が苦手だったからなのか、泡立機を使って研いでいました。〝お兄ちゃんなりの工夫なんだ〟と私は捉えていましたが、農家育ちの母には〝米を粗末に扱っている〟という風に見えたようで、普段は怒らない母が兄に対して怒ったのを覚えています。兄が落ち込み、それを見て母も落ち込み……母が自分の行為を深く深く反省していたことを思い出します。お互いが家族としてあろうとする努力の中で、すれ違うことや上手く行かないときもあるのだと感じて切なくなりました。

兄は就学時健診で発達の遅れが見られなかったこともあり、小学校に入るときに療育手帳を返しています。小学校ではことばの教室に通ってはいましたが、普通高校を卒業し一般就労で一〇年間働いていています。このような経過は、一見すると子どもの頃の問題が軽減したように見えますが、そんなこともなく学校ではいじめにあうことも、それがゆえにパニックになることもあり、対応をしていた母は私から見ても大変そうでした。兄が働けなくなり再度診断を受けたときに母が「こうなるんじゃないかと思っていたけど、信じたくはなかった」とポツリとつぶやきました。きっと言葉では言い切れない、母親としての想いがあるんだろうと思います。でも、こういう母の頑張りを見てくれている人がいるものだと、大人になってから私は知りました。中学校の先生にばったり会ったとき、話の流れで先生が「お前のお母さんは本当によく頑張っていた。職員室の先生たちみんなそう言っていたんだぞ」と言ってくれたのです。嬉しさのあまり涙が出たのを覚えています。お母さんがどれだけ頑張って私たちを育ててくれたのか、私は誰かに認めてほしかったのかも知れません。

● 父

母の強力な頑張りとは別に、父の小さな気遣いや言葉がなくともじっと我慢しているような、そんな父なりの〝家族への支え〟があったことも大人になるとよく分かる気がします。父は転勤の多い仕事だったのですが、私が小学生になる頃に両親は家を買い、その後は父が単身赴任をすることとなりました。家族と離れ、知らない土地で仕事をするのはとても大変なことです。「お母さんを頼むな」と必ず私に言ってから赴任先に戻る父を思い出すと、自分の大変さより家族を心配してくれていたのだとあたたかい気持ちになります。母は必死すぎて気付いていないかも知れないけど、父はずっと母を心配し気遣っていたように感じます。子どもからみると〝両親は仲が良いのだろうか？〟と思うこともありました。でも、父と私が喧嘩をしたとき、母に「お父さんってホント駄目だよね」と怒りながら言ったら、母から「お父さんはあんたが言うほど駄目じゃない」と言い返された記憶があります。〝なんだ二人とも信頼しあっているんだ〟と娘としてちょっと安心したことを覚えています。今になると、両親が子どもに障がいがあることを受け入れつつ、親として、自分たちの人生を歩くことは容易《たやす》くなかったのだと分かります。それでも私は、色々なことがあっても乗り越えていく夫婦の絆を目の前で見せてもらえたことに感謝しています。

兄をどう理解していったか

兄は基本的に穏やかで、私にもいつも親切にしてくれます。子どもの頃のよい思い出も多く、たとえば、幼稚園に一緒に行ったとき、私をクラスまで送り先生のところに連れていってくれていたことを覚えています。ほかにも、私が喜ぶことを沢山してくれていました。これが続いたのは、多分、祖母や叔父叔母、両親が妹に優しくした兄を褒めていたからではないか、と思います。

そんな兄を〝ほかの人とは違うようだ〟と大きく感じたエピソードが二つあります。一つは、私が友だちの家に泊まりに行き、友だちのお兄ちゃんが〝うちの兄ならパニックになりそうな場面〟でならなかったとき、〝あれ？　お兄ちゃんというものはパニックになるものではないんだ〟とふと思ったこと。〝うちのお兄ちゃんだけなの？？？〟と子どもながらに不思議に思いました。もう一つの出来事は、一緒にTVを観ていて、私は何ともないのに兄がパニックになったとき。それまでに何度もあったことなのに、このときは〝あー、お兄ちゃんは私と何かが違うんだ〟ととてもショックを受けたのを覚えています。性格の違いとか男の子女の子というそんな〝違い〟ではない部分での違いと言ったらいいのか、深い溝のようなものを兄との間に感じて、〝同じ親から生まれたきょうだいなのに〟と悲しくなりました。そして、この出来事を機に兄をどう理解したらいいのか？　と考えるようになったのです。そんなときにたまたま偉人の伝記を読んで、その中に兄と同じような特異な才能（兄は暗算が得意だった）を持つ人もいたりして、だから〝もしかすると兄は天才なのかもしれない〟と。天才と言われる人には風変りな人もいるからそんなもんなのかも知れないと、（無理やりかも知れないけど）理解した気がします。

お互いが補い合えるきょうだいになるには

子どもの頃、母とお医者さんや看護師さん等が話していることを横で聞き、すべてが理解できないながら〝何やらお兄ちゃんは大変らしい〟と漠然とした理解をしていました。そして、そこで聞いたことは、成長する過程で自分を苦しめることにもなりました。子どもの理解に合わせた説明でないものを、これまた了解もなしに聞かされるのは、訳の分からない不安を一方的に与えられることになったのだと思います。今は一緒に来るきょうだい児に対する配慮がありそんなこともないと思いますが、こんな想いを同じような境遇である〝きょうだい〟にしてほしくはありません。どんなきょうだいでも、仲が良い悪い、こんなことをされたなど色々な想い出があり、それにまつわる様々な感情があると思います。しかし、成長の過程で〝きょうだい〟関係がほどよくできて大人になると、お互いが助け合える関係を築けます。その為にも、子どもの頃から一方が我慢しすぎない関係性を作っていけたらいいのだと思います。家族だけの頑張りでは、とうていできないですけれど。周囲に理解し、話を聞いてくれ、時に支えてくれるような人がいてくれないと。

語り合うことで紡がれる

今まで沢山の発達障害のあるお子さんをもつ親御さんにお会いしてきました。そして、子どもに対する語りつくせない想いを聞かせていただきました。お父さん、お母さんたちの子どもに対する率直で熱い気持ちを聞くことで、自分が育つ過程では充分に理解できなかった両親の想いや姿を解釈する助けとなりました。自分の〝障がいのあるきょうだいと共に育ったなかでの〞苦しい経験も別の角度から見ることで意味が変わること、その積み重ねが理解の深みを増し、自分の人生を豊かに捉えなおすことができるように変化してきたのだと思います。

改めて、今まがりなりにも私が支援者としての仕事ができているのは、これまで出会って想いを聞かせてくれた〝お父さん、お母さんたち〞のお陰です。そして、育ててくれた両親と、一緒に育ち合った兄のお陰です。

家族と一緒に過ごした日々に感謝しつつ、これからも色々な方と話をしあい、ともに歩んでいけたらと思います。

子育て体験記　〜次男の場合〜

奈良亜希子

これからお話するのは我が家の三番目、次男坊の話です。

三月生まれで体も小さく弱々しい赤ちゃんでした。長女長男とワイワイ仲良く過ごせるようになった二歳位には個性が出はじめ、上の子二人とは何かが違うという感覚がありました。それでも、他人に迷惑をかけるタイプではなく、ただ一人で黙々とアリを追いかけたり、ダンゴ虫を捕まえたり、水の溜まっている所に飛び込んでみたり、我が道まっしぐらな子どもでした。歩いているところは見たことがありませんでした。なぜならいつだって一歩以上はかけ足だから……五秒も目を離せば姿を見失ってしまうので、外出のときは、それは神経を使いました。万が一、迷子になっても絶対に泣かないので非常に探しにくく、私の方が半泣きで次男を探すというおかしなことになっていました。家にいても、おとなしいなと思うといたずらをしているので、ホントに疲れちゃって休む暇もなかったです。冗談抜きで、ずっと寝ていてくれたら助かるなぁと思ったものです。

そんな次男の個性を楽しみながら育てていた私は、個性を潰さずに伸び伸び保育をしてくれる幼稚園を選び通わせました。

「ママ〜！！　ママ〜！！」

と、子犬のように足元にまとわりついて人なつこいやんちゃ坊主だったので、幼稚園ではお友だちや先生と元気に遊んでくれるとイメージしていました。ところが、朝の登園時は寝たふり作戦で車を降りないので、先生に抱かれて降りても死んだふり……。そんなことを三年間続けました。園で遊びはじめれば大好きな虫取りに一日中集中し、教室に入るのはお弁当のときだけという生活でした。やりたくないことは絶対にやらなかったようです。またやらずに済んでしまう天国のような幼稚園だったのです。

そんな自由な幼稚園で楽しい三年間を過ごしたあと待っていたのは、たくさんの約束事のある学校でした。辛うじて座っていられましたが、忘れ物・落とし物が多く、それは毎日ランドセルを開ければ明らかでした。筆箱に鉛筆が一本も入っていないのです。ちゃんと六本入れたはず！！　仕方なくまた六本削って入れて登校です。でもまた全部ないのです。そんなことをほぼ毎日繰り返していたら、案の定、ある日、担任に呼ばれてしまいました。

「お母さん、机の引き出しを見て下さい」

と先生は私とあいさつを交わすなり言いました。恐る恐る引き出しを引くと、なんとそこには鉛筆が山のように入っていたのです。

「お母さんがきちんとお名前を書いてくださって、毎日入れてくださるので授業で困ることはないのですが……休み時間になるとその鉛筆を持ったまま席を立ち、行った先で置いてきてしまうんです。でもお名前が書いてあるのでみんなが拾って引き出しに入れてくれるんですよ」

なるほどそういうことだったのかと、謎が解けた感じでした。それまでは本人に聞いても答えてもらえず疑問だったのです。その様子を思い浮かべたらなんておちゃめでかわいいんだろうと思い微笑ましかったのですが、先生の顔は笑っていませんでした。

「え〜と、お母さん、ほかの兄姉と比べてみてどうなんでしょう？」

「そうですねー。とても手がかかって大変です。手も目も離せません」

「そうですか。授業中は、座ってはいるもののずっと鉛筆で消しゴムを倒したり、何やら妄想しているようで、私の話はあまり聞いていないようです。私の経験上、発達障害があるかもしれません。ご主人と相談して一度調べてはいかがでしょうか……」

と、言われたのです。

普通の人だったらきっと激怒したでしょう。でも私はあまり驚かなかったのです。嫌な気持ちになったり、失礼な先生だともまったく思いませんでした。むしろ経験豊富な先生からの言葉で、私自身がずっと抱いていた『もしかしたら』が『そうかも』に変わった瞬間でした。

かかりつけの小児科にすぐに相談し、脳波や心理検査等をして出た診断名はＡＤＨＤでした。多動よりも注意欠陥の方が重いものでした。さぁどうするかと悩むこともなくこのまま様子を見ることになりました。薬を飲むほど生活に支障は出ていなかったからです。周りが理解して気にかけていれば、どうにかなるかもしれないという認識でいたのです。

それにしても彼の行動は個性的でひたすら我が道を突っ走っていました。口だけは達者でしたので、お友だちと口ゲンカになり、田んぼに突き飛ばされドロだらけで帰ってきたこともありました。そんな時でもケロッとしていて忘れてしまったかのような様子に、こちらの方が動揺してしまうこともありました。Ｔシャツやズボンは何枚あっても足りませんでした。長男のお下がりはあっという間に着潰し、新しく買ってもすぐに穴を開けてくることもしょっちゅうでした。なのにいつもケロッとしているのです。やっぱり普通の感覚と違うんだなぁと実感したものです。

我が家は年子の長男がいますので、子育てしながらついつい比べてはため息をつき、これから先の次男のことを不安に思っていたものです。次男が年中のときに生まれた三男に対し、暴言を吐き冷たく当たり出したのが、小学校三年生になった頃でした。何も悪いことをしていない三男に対し、次男はイライラをぶつけ意地悪をするようになりました。その対応に困った私は、改めて小児科に相談しました。その結果、再度検査した後、内服治療することにしたのです。効果は絶大で、とても落ちついて目を見て会話ができるようになったり、弟に対しても少しずつ上手に遊べるようになっていきました。ただ残念だったのは次男らしさが消えてしまったことです。

次男に薬を飲んでどうかと聞いてみると、

「人の顔がちゃんと見えるようになった！！」

と、喜んで話してくれました。今まで見えていなかったことに驚き、どれだけ不便だっただろうとかわいそうになりました。しかし、飲ませてよかったと思えたし、何より本人が効果を実感しきちんと内服してくれることがすばらしいと感じました。

ここまでは気楽に障害を障害と受け止めず過ごしていましたが、中学に入学するとそれは少しずつ変化してしまったのです。

中一の秋から、朝、家を出るなり数分で帰ってきてしまい、玄関で「無理だ～」と泣くようになったのです。それでも色々な物で釣りながら車で送れば行ってくれました。顔色が良くないし、学校で給食を食べなくなりました。騙し騙しなんとか二学期を終えました。そして三学期初日は案の定、登校しないと動かなくなってしまったのです。その日から地獄のような生活が始まりました。

各中学校に設けられている相談室には、教室は入れないけれどなんとか登校できる生徒が来ています。校長先生の許可が得られれば相談室登校が認められます。しかし、相談室登校を始めると教室に戻りにくくなると考える先生方も多く、なかなか許可していただけないのが現状です。でも私は、たとえそうなったとしても、家に引きこもるより学校という外の世界とつながりを持たせておく方がずっと大切だと考えていました。「遅刻させずにきちんと登校させるのでなんとか相談室登校を認めていただけないでしょうか」と交渉し、やっと許可していただくことができ相談室登校が始まったのです。

相談室にいるということは、授業に出ていないということですから勉強は遅れるばかりでした。でも今は勉強は二の次で、家から外に出て家族以外の人と交流をもちその場の空気を肌で感じることが大切だと感じています。ですから、いつも少しの勉強と大好きな読書をたっぷりさせてもらうという生活をしています。まるで定年を迎えたおやじのようにまったりと過ごしているように見えますが、帰宅した次男は、かなりぐったりと疲れていて、学校がいかに辛い場所なのか感じさせられるのです。そんな生活を繰り返し現在中三の次男は、相談室の主となり、自由で居心地の良い場所に慣れたようです。理解ある先生方のおかげで気持ちを汲み取ってもらえているという実感をもてたせいか、最近では自分の進路について考えはじめ、少しずつ教室で授業を受けられるようになり、修学旅行にも参加できるまでになりました。

ところで、何が原因だったのか……それは未だにわかりません。ただ中学入学の頃から、人混みがダメだったり、場所や建て物などで嫌な気持ちになったり、こだわりが強くなってきたのです。以前と少し違うと感じ、改めて心理検査をしたところ、アスペルガー症候群も入っていると診断されました。それがわかってから、これまでのことを考えてみると、なるほどと思えるようなことが数多くあり、それで苦しんでいたことがわかったのです。次男のことはほかの子どもよりもよく見ていたつもりだったのに……と反省しました。しかし、落ち込んではいられません。さて、これからどうしたらよいのか担任・学校と相談しながら対応しています。

親の私たちは、子どもを自律させるために今何ができるかを常に考えています。右へ行っても左へ行ってもぶつかる壁をどう乗り越えればよいのか、その手段を教えたり、時には一緒に考えてあげればきっと彼らは自分の力で乗り越えるスキルを身につけてくれるでしょう。子育ては本当に大変です。子どもが自律できたとき、その子育ての本当の答えがわかるのかもしれません。この先、まだ何があるかわかりませんが、前向きに親として成長していきたいと思っています。

Kの笑顔を取り戻すために

平井礼子

二〇一一年八月下旬、もうすぐ夏休みも終わりという頃のことでした。仕事が終って疲れて帰宅し、いつもの習慣で何気なくつけたTVから流れていた映像……そこに私はなぜか引きつけられ、そして次第にテレビに釘づけになっていったのでした。

「なんか……うちの子に似てる?」

その番組は『高機能自閉症』という男の子を取り上げた内容でした。

私たち家族は原発事故で被害にあったF県F市に住んでいます。震災後の混乱真っ只中、それまで住んでいた東部地区から、比較的汚染度の低い約一〇キロ離れた主人の実家に急きょ引っ越しました。その直後の四月、一人っ子のKは小学校に入学。慣れない土地での新生活のスタートでした。

Kの新生活は順調に進んでいるように思われましたが、五月末、体育の授業中に大腿骨骨折、手術を伴う長期の入院、そしてその後の登校拒否……なぜか次々とトラブルに見舞われていきました。そしてKはその頃から母親の私と一時たりとも離れようとしなくなっていたのです。「どうしてこんなことに？」学校側の説明を聞いても、訳がわからず、何か腑に落ちないものがありました。

Ｋは私の顔を見る度に「学校に行きたくない」と涙目で訴えてきます。そして、だんだんＫから笑顔が消えていきました。心配になって、いろいろな所に相談に行ってみましたが、言われるのは「長期欠席していたからでしょう。学校に慣れれば良くなりますよ」といったことばかり。「本当にそうなのかな……」Ｋの様子を見ていると、何か普通ではないものを感じて不安が増していったのです。

気持ちは焦るのですが、これといった解決策も見つからず月日が流れていきます。心労が重なっていたときに偶然見たＴＶの番組。その時、そこで私は初めて『発達障害』『高機能自閉症』という言葉を知ったのです。

次の日から、時間があればインターネットや本で『高機能自閉症』のことを調べるようになりました。調べれば調べるほどますます疑惑は募ります。しかし、高機能自閉症の特徴はＫに当てはまるような気もするし、そこまでとは言えないような感じもします。

Ｋの場合、会話も普通にできていましたし、相手の顔色がわからないということはないのです。しかしどうしても引っかかるのは「ビデオやＤＶＤの同じシーンを繰り返して何度も見る」「大きな音や声には耳ふさぎをする」「嫌な思いをした場所や物事には激しい拒絶反応を示す」等々細かい事柄でした。赤ちゃんの頃から育てるのが難しい子だとは感じていましたが、その度にほかの子より神経質なのだろう、早生まれなのでほかの子より成長が遅いのだろう、成長には個人差があるのだから……とあまり深く考えたことはなかったのです。だけど、これがもし『障害』だとしたら……私は思い切って市の児童福祉課に相談し、児童相談所で検査をすることにしました。

そうこうするうち、とうとう二学期が始まってしまいました。Kはやはり一人で学校に行くことはできません。そしてやむを得ず母子同伴登校が始まりました。

学校に慣れれば良くなっていくだろうと、毎日毎日嫌がるKを説得し、なんとか学校に連れて行くのですが……私が一生懸命頑張れば頑張るほど、なぜかKは問題行動を起こしていきました。カンシャクを起こす、寝転んで泣き暴れる、私に噛みつく……以前は見られなかった症状です。「やってはダメ」と何度注意してもますますエスカレートするばかりでした。学校内に居場所がないように感じて、肩身が狭い思いをして一緒に過ごしているのに、先生からは「お母さんが甘やかしているからです」と言われてしまう始末。スクールカウンセラーにも相談しましたが今度は慰められただけです。毎日必死に頑張っても報われない虚しさと疲労だけが残り、日々の生活を送るだけで精一杯でした。限界になって何度か学校を休ませたこともありましたが、今度は「本格的な不登校になって引きこもりになってしまったらどうしよう」という心配が襲ってくる……仕事にも思うように行けず、ストレスに押し潰されてしまいそうでした。

そんな秋のある日、ようやく検査の結果が出ました。やはり診断は『広汎性発達障害（高機能自閉症）』。幼少時代、Kは知的に遅れもなく大人しいタイプでしたので見過ごされてしまったようです。その時私は、「今度こそ何かしらの支援が受けられる」と思いホッと一安心したのでした。

ところがその思いも束の間。診断結果が出ると、児童相談所の相談はそこで打ち切りとのこと、「今後は医療機関でお願いします」とだけでした。解決へ前進するとばかり思っていたのに……私たち親子の苦難は実は始まったばかり、ここからが本番だったのです。

まず連れて行ったのはF市内の児童精神科がある病院……ここは診察しても薬の処方のみでした。相談したいと申し出ても「薬を飲めばよくなるから、まずは薬を飲ませて」とだけです。〝抗うつ剤〟……確かにKはすでにうつ病の領域に入っていたのかもしれません。しかし、服用させようとしても、「味が嫌い」と絶対に飲もうとしません。何度試しても抵抗して大騒ぎになってしまうので、ほどなくあきらめてしまいました。

次に向かったのは教育委員会です。何時間も事情を説明した挙句のはてに結論は「年度途中での支援クラス編入は無理」。入学してから発達障害と判明した場合に何らかの支援をする、という体制はF市にはないようでした。

……今年情緒クラスに入れなくても、情緒クラスがある学校なら先生方の理解があるかもしれない……そんな思いでKを転校させることにしました。ところが実際に転校してみると、頼りにしていた情緒クラスの担任の先生から「K君が暴れるのはこの程度ですか？このくらいなら私は抑えられます。泣いてもわめいてもいいから学校に一人で置いていってください」と言われてしまったのです。「力で抑える？」私は唖然としてしまいました。怖がって怯えているKを一人で置いてくることはどうしてもできません。それに私の心の中には「Kを良くするための、もっといい方法が何かあるはず」という思いがありました。しかし、意見の衝突以降、先生は私たちを無視するようになり、学校内で私たちは孤立していきました。事態は悪くなる一方でした。唯一、教頭先生が私たちを気遣って、時間があればKと関わりを持とうとしてくださったことが救いでした。

途方に暮れていたあるとき、隣のK市に発達心理専門の病院があり、有料で療育相談を受けることができると知りました。早速予約を入れ相談に向かったのは、年が明けて二〇一二年の一月末のことです。

そこでわかったことは、Kのような子は知的には障害はないので一見何でもわかっているように見えるが、実は日常生活でわからないこと・できないことがたくさんあるということ、そしてこういう子どもたちは普通に教えても理解できないので、教え方の方法があるとのことでした。「自分のことができるようになってくると、自信がついて自然と一人で学校にいられるようになりますよ」「まずは家庭生活から整えましょう」……とうとう私が求めていた答えを見つけたような気がしました。

絵カードや時計・タイマー等を使って視覚的に支援する『構造化』……本では読んで知識としては知っていましたが、話せばわかるKに必要だと思ったことはありませんでした。しかし何はともあれ、まずは実行です。私は早速家庭でも構造化を取り入れ、学校では『時間割』と『朝の準備カード』等を作って教室に持ち込み、クラスの片隅で指導を始めました。毎朝、朝の準備カードを見せて準備をさせ、時間割を見ながら一日の流れを教えます。驚いたことに、それまでKは学校では何をするかさえ全然わかっていなかったのです。一対一で教えればわかることも、全体への指示になってしまうと上手に聞き取れないこともわかってきました。今となれば、体育時の骨折事故は、先生の指示が理解できなかったことが原因だったと容易に想像できます。Kは学校では何もかもがわからないことばかり……それらが積み重なりストレスとなってパニックを起こしていたのでした。

ここで、問題行動ばかりに目を向けて直そうとしても難しいということ、まずストレスになっている原因を解消していかなければならないということを学びました。

Kの問題行動は指導されたことを続けることによって次第におさまってきました。後は母親の私との分離不安……これも時間と努力を要しましたが、計画的に徐々に離れていき、三学期の終わり頃には一人でいられるようになりました。そして二年生から情緒支援クラス入級、今度は理解のある先生にも恵まれました。Kは今、三年生です。苦手なこともたくさんありますが、支援していただきながら楽しく学校生活を送っています。私たちがここまでたどり着くのに、期待と落胆の繰り返し……本当に大変で長い時間がかかってしまいました。それでも頑張ることができたのは、Ｋの笑顔を取り戻したいという一心からでした。

今回の一連のことは私たちにとって辛く不幸な出来事でしたが、一方でこんなにも『発達障害』について考えさせられ、勉強したことは有意義な経験だったとも思います。

今の時代、学校の普通クラスに一人二人は発達障害児がいると言われています。普通クラスで十分学べるお子さんもいらっしゃるでしょうし、やはり何らかの支援が必要になってくるお子さんもいるでしょう。そうしたとき、臨機応変に対応できる支援体制が整えられていくことを願って止みません。

仲良し家族

福永文子

家族って素晴らしい！

二人の子を授かり、わが家は四人家族になった。嬉しいことは四倍に、辛いことは四分の一に。そうやって家族の絆が深まっていったのは、息子のお陰でもある。

一八年前、第二子となる長男が誕生。純粋な心を持った子にと希望して「純希《じゅんき》」と命名。大きく元気に育ったが、発達が遅れていた。寝返りをしない八か月、検診で筋肉が弱いと言われ、血液検査とＭＲＩを受けた。異常なしの結果に、そのときはまだ、わが子に障がいがあるなんて疑いもしなかった。

一歳になっても這うことすらせず、次第に家族の不安が強くなっていった。筋肉検査、骨のレントゲン撮影も異常なかったが、本格的に病院でのリハビリを開始することに。それは、小さなわが子に苦痛を与えた。大泣きし汗びっしょりになり、訴えるように私を見る。だが私が挫けてはならない。一緒に歩く日を信じて。純希を抱っこし、一歳上の娘の手を引いてあげることも侭《まま》ならず、リハビリに通い続けたことが切ない思い出となった。

仕事が休みのときの夫は、リハビリに連れて行き、家でも訓練を兼ねて子どもたちと遊んでくれた。娘も私を真似て弟の世話をしてくれ大助かり。三人の笑顔に私も癒された。近くに住む両親の協力、励ましもあり、私は不安を抱えながらも頑張ることができた。

皆が待ちに待った日が訪れた。三歳を過ぎ、病院で歩行訓練中、手を放された純希は、何にも掴まらず私の方へと足を交わしたのだ。歩いた！ 一歩二歩……一七歩も歩き腕の中へ飛び込んできたわが子を、私は泣きながら抱き締めた。私たちは純希に靴を買った。初めて手を繋ぎ近所を散歩した日、この子と歩いてる！ もう大丈夫！ という嬉しさで一杯だった。

しかし喜びも束の間。二か月後の検診で、精神、知的面での遅れもみられるため、染色体検査を勧められた。染色体？ 私はショックの余り、その場で泣き崩れてしまった。後日、検査結果は、染色体の一部に異常ありとのこと。専門医師から、このようなケースは今までにないとも告げられた。純希は障がいをもって生まれたの？ 初めてわが子の障がいを認めざるをえないときだった。原因は、両親からの転座か、突然変異か。それは、夫と私の染色体を調べると判明する。どうしますか？ と尋ねられ、即答はできなかった。帰路、私たちは話し合った。もし私たちのどちらかに異常が見つかれば、一人は傷付き、もう一人は相手を責めはしないか。そうなれば家庭は崩壊する。それは絶対にイヤだ。「精神運動発達遅滞」突き付けられた現実を直視し、この子の成長を信じて、家族皆で乗り越えていこう。私たちは、検査はしないと決めた。

その後は、作業療法を重点的に、運動のリハビリも続け、言語療法もはじめた。脚力をつけるためオモチャの車に乗せたり、言葉を増やそうと歌や手遊びを沢山取り入れ、同じ年頃の子が集まる所へ出かけ、興味や意欲を引き出させた。娘も協力してくれた。大好きなお姉ちゃんとなら、一緒に楽しそうに遊んでくれる。娘の力は偉大だった。

幼稚園での初めての社会生活。お友だちや先生が大好きで、沢山の刺激を受け、できることが増えた三年間。そして就学。娘に聞いてみた。同じ小学校に通わせてもいいか、と。「私が守る！」心強い一言に救われ、市立小学校を選ぶ。普通学級か特別支援学級かで随分悩んだが、実際に入学する小学校の特別支援学級を参観し、担当の先生とも相談させていただき、そのクラスへ在籍をお願いした。

入学式当日、ここまでの成長を喜ぶ反面、「なかよし学級」という名札を付けてもらったわが子を見ると、どうしてこの子は普通学級ではないの？　と悲しみも湧いてきた。私自身がまだ障がいを認められず、特別支援学級へのこだわりを持っていたのだ。その上、ほかに二名、障がいをもつお子さんが、普通学級に入られたことを知り、心に動揺が走った。私たちの選択は間違いだったのだろうか。

お世話される側の純希も、二年生になると周りへの気配りができるようになってきた。欠席のお友だちを「明日は来るかな？」と心配したり、怪我をした人には「大丈夫？」と優しく声をかけた。先生は私にこう話された。「純希君はすぐありがとう、ごめんなさいが言えるので、皆から好かれています。だから皆がお世話したいという気持ちになるんです。誰からも好かれる純希君の素直さは、人として一番大切なことです」わが子をこんなふうに認めていただき感謝すると同時に、この先生に出会えて良かったと思った。そして、この学級に入って正解だったとようやく確信できた。

恐れていたことが起きた。娘が弟のことで上級生にからかわれた、と泣いて帰った。ずっと弟の面倒をみて可愛がってくれている娘に申し訳なく、胸が締めつけられた。私もこれまで、知らない人、理解のない人からの冷たい視線や言葉を何度か浴びている。娘には味わわせたくなかった。辛くて仕方のないとき、夫は前向きに考えようと励ましてくれたが、私はなかなか強くなれずにいた。

一〇歳を過ぎたある日、父が新聞を切り取り、私に読むようにと持ってきた。障がいの息子さんをもつ方のエッセーで、そのお子さんの発達具合いが純希とそっくりだった。私は早速その方へ連絡を取り、電話口で興奮気味に話した。その方は「一〇年間頑張ってこられたんですねえ」と温かい言葉をくださった。初めて同じ境遇の方に巡り会えた！　その方の前向きな姿勢に大変勇気づけられた。いつも純希のことを考え、この出会いを与えてくれた父に感謝した。それからだろうか。私の心も少しずつ前へ向きはじめたのは。ほかの子と比べなくていい。焦らずこの子のペースに合わせていこう。そう思えるようになっていった。

中学も市立の特別支援学級でお世話になった。徒歩で三〇分の通学。行動範囲が広がる。交通量の多い道も通る。何日か私が付き添い、通学路を覚えさせた。下校時は父も協力してくれた。しばらくして一人での登校に挑戦させた。時間の感覚がない純希には、八時一五分までに着かなければならないということが難しかった。途中には、大好きな電車が見える所もある。犬や猫にも話しかけ、時計の針は過ぎていく。それでもなんとか遅刻せず登校できた。続いて下校も試した。初めて一人で帰る日、普段より三〇分以上遅れてゆっくり歩いてきている姿を見つけ、無事で良かったと胸を撫で下ろした。やったね。できたね。本人も嬉しそう。また一つクリアした。最初からできないと決めつけず、できるようになると信じて挑戦する機会を与えることが大事なのだ。卒業時に皆勤賞をいただいたわが子の成長が、とても嬉しかった。

進学のため、診断書が必要となり、久しぶりに知能テストを受けた。「遅刻しそうなときはどうする？」の質問に、「電車を見る」と答え、ほかにも担当者が理解に苦しむ解答を連発。それを聞いてクスクス笑っている私。前回のテストまでは、どうして答えられないの？　わかるでしょ、と苛立ちを感じていたのに。私の心に余裕が生まれていたのだろう。この子はそれでいいんだ、と認め受け入れることができるようになっていた。

その頃純希は、「僕は将来、電車の運転手さんになりたいです」と言うようになり、誰にでも将来の夢を尋ねていた。授業で夢を持ち努力することを教わったからだ。「お父さんの将来の夢は何？」純希にそう聞かれ、「え？　夢？　そうねえ、夢ねえ……」と返事に困る夫。私も夢を持つことなんて忘れていた。私の夢って何だろう。少し考えさせてね。

特別支援学級高等部へ入学。自立への第一歩は、路線バスでの片道一時間の登下校。家族の心配を余所《よそ》に、本人はバスに乗れて嬉しいばかり。何度か行方不明になり、私の心臓はいくつあっても足りないが、今日も笑顔で「ただいま」を言えた。

先日、陸上部として、高総体四〇〇メートル走に初参加させていただいた。スタンドで緊張して見守る夫と私。ピストルが響き二秒後に走り出した純希は、皆がゴールし、ただ一人となってもマイペース。そんなわが子に会場から温かい拍手が起きた。レーンをはみ出さないことが課題だったが、自分のレーンをしっかりと見てゆっくりゆっくりゴールへと走り続けた。純希、感動をありがとう！

神様は、その人が乗り越えることのできる試練を与えられる、というが、純希を育てることが私たち夫婦にとってそうなのか。神様が授けてくださった子か？　確かに、周りを温かい気持ちにしてくれる不思議な力を持っている。名前通り、いつまでも純真無垢で、人としての基本、本音で生きる素晴らしさを家族に教えてくれた。諦めないこと、待つこと、信じることの大切さも。そんなわが子の成長こそが私たちを育て、壁を越えさせている。

来春は、いよいよ社会に出て、自分の力で生きていくときを迎える。健常者との隔たりがあり、障がい者を取り巻く環境はまだ厳しい。理解を深めるには、まず接してみること。生の福祉教育を多くの人が体験し、お互いの距離を縮め助け合って共存することを希望する。

大学へ進学した娘も、教員を目指しながら、障がい児と触れ合うボランティア活動をしている。弟から得た貴重な経験を活かしながら。夫は最近、退職後は純希と一緒に働く仕事を持ちたいと考えている。私も一緒に。お父さんとお母さんの夢が見つかったよ。

純希にも、卒業したら働く、という意識が芽生えてきた。この先、どんな花を咲かせ実を結ぶのだろう。私たちができることは、今まで通り、この子が歩く方向を見つめて共に歩き、後ろから温かく見守っていくことだ。

互いを思いやり、信頼し、支え合いながら築いてきた家庭。かけがえのない存在との日々に幸せを感じながら、これからもわが家らしく生きていこう。いつまでも仲良し家族で。

「すき」のちから

藤尾さおり

一五歳の長男タケルは、まだまったく発語がない。だけど、文字盤で「す」「き」と伝えてくれる。こないだもついイライラしていたら、横からスッとやってきて、「す」「き」と言ってくれた。こっちが言ってほしいときには言ってくれないけれど、そんな絶妙なタイミングで言われたら、イライラした気持ちも「イライラしてごめんなさい」にかわってしまう。そんな魔法の言葉を言ってくれる日が来るなんて想像もしていなかった。

　タケルに障がいがあるかもしれないと感じたのは、一歳過ぎの頃。呼んでも振り向かない、目も合わない、笑わない、抱いてもすり抜けて逃げるような感じだった。本来ならきっと満面の笑みでお母さん大好きを表してくれるはずなのに、それがまったくない。「私の関わり方が悪かったせい？　私のことが嫌いなの？」と落ち込んだ。がんばって声をかけてもやっぱり拒否される。だんだん傷つくのが嫌で声をかけることさえ怖くなった。私が一生懸命関わっても全然笑ってくれないのに、テレビのＣＭには反応して笑っている。笑顔が見たいし、この子も私と遊ぶよりテレビが楽しいなら、その方がいいかもしれないと思った。テレビばかり見せるからそうなるという説もあったけど、それは逆だと思った。テレビしか笑ってくれないから、嫌な人と遊ぶよりそっちがいいかもしれないと思う親心なのである。だけどやっぱりこれではいけないと思い、自分を奮い立たせて関わっていっても空回りで、当時は毎日が本当につらかった。自分を責める気持ちが、周囲のささいな一言にトゲをもたせた。「話しかけてあげてる？」が「話しかけてないんじゃないの？」に聞こえる。「比べたらだめよ」が「比べたら落ち込むんだからやめときなさい」に聞こえる。この子はそんなに劣っているの？　周りとどんどん差がついて不安でしかたなかった。公園にも連れて行かなきゃいけないと思い、がんばって連れて行っても、結局タケルを追いかけるだけで時間が過ぎていく。ブランコも滑り台も嫌がる。他の子は「普通に」遊べているのに、他のお母さん同士はゆっくりお話できているのに……。何をしに公園に行っているのだろうと肩を落として帰る日々だった。本やインターネットで、自分が安心できるような言葉を必死で探したけれど、そんな言葉はどこにもなかった。ただ、そこで見つけた文章の中に、比較することは、物事状況を把握するために大事なことだと、問題なのは、その結果に自分の物差しで優劣をつけることだというようなことが書いてあった。そもそも大きい小さい、早い遅いなどは比較しないと成り立たない。そこに優劣を勝手につけて落ち込んでいるのは私で、本人が気にするまでは、これは私の心の問題だと気がついた。ついつい優劣をつけてしまって落ち込むこともあったけれど、そう思う度に、事実と心を分けて考えるように努めた。だけどなかなか心は自分でも思うようにはいかなくて、大丈夫って思えるときもあれば、もうダメだって思うときもあって、気持ちの激しい浮き沈みにとても疲れた。心は安定を求めてさまよっていた。

ある日、思い切って電話相談に電話をした。そこは乳児院で、電話の向こうの助産師さんは私の話をゆっくり聴いてくださった。「お母さん、よくがんばったね」。その一言で緊張の糸が切れ、受話器を持ったまま号泣した。その後、そこの乳児院で一歳四か月のときに初めて臨床心理士の先生に診ていただいた。その先生は、とても慎重に言葉を選びながら、優しくこう言ってくださった。「問題のある可能性はある。だけどそれはお母さんのせいではない」とはっきりそう言ってくださったことで、どれだけ救われたかわからない。問題がある可能性があるなら、子どもの可能性を信じつつ、今から対処していこうと思った。タケルがどんな成長をしていくかわからないけれど、急激に伸びて、あれはなんだったんだろうと笑える日がくるならそれはそれでいいし、だけど、もしやっぱり障がいがあるなら、それがはっきりしたときにもっと早く対処していればと後悔はしたくなかった。関わりが難しいことも相談したら「高嶺の花を落とすつもりで」と彼の好きなもので遊ぶようにとアドバイスをくださった。タケルは、ベビーチェアのキャスターのコマを回すのが大好きだった。私は正直それが嫌で、おもちゃをおもちゃらしく遊んでほしかったから、違うもので遊ぼうと誘ってもいつも払いのけられていた。いつものように回しはじめたタケルの横で、隣のコマを同じように回してみた。すると初めて私の顔を見て、目がパチンと合った。「あら？　同じ趣味の人？」と言わんばかりのびっくりしたような表情。今まで私の存在にすら気づいていなかったのかと思えるような表情だったので驚いたのと同時に、初めて心が通ったかのように感じて涙が出るほど嬉しかった。それからキャスターにシールを貼ってみたり、回しているのをわざと止めたり、反対に回したりして遊ぶうちに、目の合う回数も笑顔も増えて、私が提案するおもちゃにも少しずつ興味をもってくれるようになった。もちろん振られることも多かったけど、先生の言うとおり「高嶺の花を落とすつもり」でチャレンジしていった。

何かできることはないかと探す中で、しゃべれるようになるまでは、一生しゃべれないかもしれないから、そうなったときにでもコミュニケーションがとれるようにと、言語の習得も目指しつつ、非言語のコミュニケーションも身につけられるようにしようと思った。二歳半頃から絵カードを使ってみるようにした。まず好きなジュースの写真を厚紙に貼って、それを壁に掛け、それを手に持たせて私に渡すとジュースが出てくる、というのを繰り返した。初めはなかなか理解できなかったようだが、根気よく続けたある日、自分でカードを持ってくるようになった。いろんなカードを作ってみて、うまく使えないものもあったけれど、とにかくいろいろ試してみた。そんな中、療育の通園施設にも通うようになり、遊びを通して少しずつ広がっていった。歌が大好きだったので、挨拶の歌で、手を合わせて挨拶をするようにした。そこから歌わなくても、「おはよう」や「おやすみ」など声をかけて手を出すと合わせてくれて挨拶ができるようになった。また質問に対して「ハイ」のときは手を合わせるというルールが自然にできて、初めは半信半疑でやっていたのだが、通園施設から帰って「今日は楽しかった?」の質問に、いつもなら手を合わせてくれるのに合わせないからおかしいなと思って連絡帳を見たら「今日は泣いてしまいました」という内容に、この子わかってる! とやっと初めてはっきりと確信を得ることができた。四歳の頃からお風呂にひらがな表を貼って、文字にちなんだ歌を歌うようにした。「あ」だったら「アイアイ」、「い」は「いぬのおまわりさん」、というぐあいだ。指さしもできなかったから、彼の手を持って一緒に指して、私が歌うというのを繰り返した。思い通りの歌が出てくると声を上げて笑うようになった。音のなる絵本も大好きで、一人で好きなように押して楽しそうによく遊んでいた。一歳過ぎの頃を思うと、うそみたいに笑顔も増えて、関わって遊べるようになった。が、言葉としては喃語さえも出なかった。私はずっと「おかあさん」ってたった一言でいいから、呼んでほしいという夢を持ち続けていた。「ママ」でもいい、なんなら「おかん」でも「ババア」でもいい。タケルの声で私を示す言葉で呼んでほしいとずっとそればかりを願っていた。タケルが七歳のある日、キラキラしたまなざしで私をみつめてきたことがあった。その目は「おかあさん、だいすき」と語りかけているようだった。そのときにハッとした。こんなにも目でおかあさんと呼びかけ、大好きを伝えてくれている。それなのに、それを受け取ろうともせず、音としての言葉にこだわっていた。もちろん言語をあきらめるわけではないけど、彼の思いをしっかり受け取ることと、彼が誰にでも伝えられる手段を身につけていくことを目標にしようと思った。

一〇歳のときのある日、洗濯物を干していた私の横で、いつものように音の出るひらがな表のおもちゃで遊んでいたときに、聞こえてきたのが「すいかのす」「きしゃのき」。「わ！ す・きだって。偶然かもしれないけど、そう言ったことにしとこう」なんて思っていたら、私の服をちょっと引っ張ってから、また「すいかのす」。次に出たのが「しかのし」。「え？ すし？」って思っていると、本人も〝あ！ 間違えた！〟という表情をして「きしゃのき」と押し直したのだ。「ほんまにすきって言ってる〜！！」ともう号泣だった。一〇年の歳月、これまでの努力が報われた瞬間だった。あえて教えた記憶もないし、自閉症の子には目に見えない概念を教えるのは難しいと言われているから、あまりこだわらず、とにかく一つひとつの行動にできるだけ言葉を添えたり、前後関係からできるだけ彼の気持ちを代弁するようにしてきた。そして、私自身のタケルを大好きという気持ちは、やっぱり伝えたくなるので、いっぱい伝えてきたと思う。自閉症のタケルもやっぱり同じで、大好きという気持ちは伝えたくなるのだろう。一五歳の今も、思春期で回数は減ったものの、たまに「すき」を伝えてくれる。こうして振り返ると、好きな気持ちと好きな物事を通して一緒に成長してきたように思う。きっと誰しも、好きな人や好きな物事には力を注げるし、大変なことも苦を感じずに続けられるのではないかと思う。好きという気持ちには、すごい力があると確信している。タケルが様々なことを教えてくれ、私とたくさんの大切な大好きな人や大好きなことをつなげてくれたことに心から感謝している。私の人生におけるこのたくさんの「贈り物」を大切に、これからも「すき」を通して共に成長していきたいと思う。

おまわりさんと歯医者さん

本川由美

息子は二歳二か月頃、自閉症の専門機関で「知的障害と自閉症の傾向があります。どちらが主かはまだわかりません」と診断を受けた。

小学校の間は、外遊びが好きな息子にずっとついてまわった。違和感のある動きをする子の親が私だとわかると、非難は私に向かった。公園では「うちの子のおもちゃを無断で触った。礼儀ぐらい教育すべきだ」と若いお母さんから怒られた。スーパーでは「あんなちょろちょろするのは鎖にでもつないでおけ。子どもは親の背中を見て育つって言うだろ!」と中年の男性に怒鳴られた。そんな息子も中学生となり、自転車を乗り回すようになり、とうとう私が外出に付き添えないほど行動範囲が広がっていった。休日、ウエストポーチには位置確認のPHSと連絡先を書いたメモを入れ、毎回祈りながら家を送り出していた。

そしてそれは、あと何日かで中学三年になるという春休み中だった。午後四時頃自宅の電話が鳴った。

「M警察署です。Hさんのお宅ですか」

私は今はやりの詐欺で、主人が痴漢で捕まったと続くのではないかと身構えたのだが。

「Y君のお母さんですか。繁華街の歯医者から連絡があり息子さんを保護しているので、印鑑を持って迎えに来てください。あわてなくていいですよ」

何度か問い直し、電話を切ってからもしばらく頭はうまく動かず、警察、歯医者、保護、といくつかの言葉を反芻《はんすう》していた。自転車で警察署に向かいながら、とうとうこんな日がやってきた。何をしでかしたのだろう。あの子を一人で外出させてはいけなかったのだ。これからは私がつきっきりでなきゃいけないのだ。あの子の保護者は、責任者は一生私なのだ。いつまで頑張れるのだろうか、という思いが頭の中をグルグル回転していた。

担当の警察官は三〇手前の若い男性で、小柄な私を見ると少し意外そうな顔をした。

「息子は何をしたのですか」

「いや、別になにも」

そして、部屋へ案内しながら言った。

「歯が痛かったとも言うのですが、よくわかりません。『お母さんには知らせないで』と何度も言うのですよ」

息子は中学生にしては大柄でがっしりしている。彼が怯える母親はさぞかしごついだろうと警官は想像していたのかもしれない。多分息子は「歯が痛かったの?」と問われ、そのまま「歯が痛かったの」とオーム返ししたのだろう。何度か「お母さんに言わない」と問うたのだろう。そしてそれ以上のコミュニケーションはとれなかったのだろう。

別室の息子はおとなしく座っていたが、詳しいことは私にも聞き出せなかった。

「歯医者さんにもお詫びして様子をうかがいたいので場所を教えていただけますか」と言うと警官はにこやかに地図を書いて説明してくれた。帰っていいというので、自転車置き場を尋ねると、

「自転車だったのですか。パトカーで来たもので」

と少し困ったように答えてくれた。

若い優しい警官に私は思い切って尋ねた。

「こんな子を、一人で自転車に乗せて外に出してはいけないですよね」

警官は一呼吸置いて言った。

「いいんじゃないですか。我々は保護要請があれば、いつでもまた行きますよ」

ありがたかった。労を厭《いと》わないこと。息子の行動を肯定してくれること。まだ年若いのに親の苦労を察してくれること。精一杯頭を下げて警察署を後にした。

途中で菓子折りを買い、繁華街の歯医者に向かった。自転車を押す私についてくる息子はいつになくしおらしかった。何か悪いことをした、とは感じているのだろう。

その歯科医院は雑居ビルの二階にあり、なるほど通りからは大きな窓や文字はよく見え

るが、私は今まで一度も認識したことはなかった。入口は通りの反対側にある狭い階段だった。よくわかったものだと思った。

受付の女性に挨拶すると、治療中にもかかわらず、三〇代半ば過ぎの男性医師が出てきてくれた。菓子折りを渡しながら、言った。

「ご連絡ありがとうございました。とてもご迷惑をおかけしたのではありませんか」

「いえいえ、この待合室をウロウロしただけです。聞いても答えなかったし、こういうタイプの子どもの患者さんも何人か診てるので大丈夫ですよ。迷い込んだのかもしれないので、ここに座っててね、と言って身元の確認の方は警察にお願いしました」

「ずっとおとなしかったのですか」

「パトカーが来て、乗せられるとわかったときにはちょっと動揺してましたけど、ひどくはなかったですよ」

そして私は同じ問いを投げかけた。

「こんな子を、一人で自転車で外出させてはご迷惑ですよね」

「自転車だったんですか。じゃあきっといつもは彼なりに決まったルートがあるのでしょう。今日は何か強く惹かれるものが目についたのでしょうね。わかりにくい入口を上がってきたわけだし。たまたまでしょ。大丈夫ですよ」

待合室はシンプルだった。もしかしたら窓際に置かれた太陽をモチーフにした飾りが気になったのかもしれない。

医師は意に介さないような、気軽な口調だった。警察に通報するくらいだからよっぽどだったのだろうと覚悟していた私は急に気が抜けた。と同時に自閉症の特性をよく理解してくれていることに驚き、感謝した。何度も頭を下げ、歯科医院を出た。

「自転車はどこにあるの」と聞くと、ほど近い場所に数台の自転車に並べて置いてあった。

こんな判断は出来るんだなぁ、と思いながら二人で自転車でゆっくりと家路についた。

今まで、味方になってくれたのは、身内か友人か近所の人か学校関係者だった。外部の初対面の人からは、迷惑がられるか避けられることが多かった。生きていくことは難しいかもしれないと何度も思った。もうやめたいと何度か思った。

でも、今日は違った。初めて会った警察官や、歯科医師が味方になってくれた。息子の振る舞いを受け入れてくれた。追い払ったり無視したりせずに、安全を確保してくれた。私は保護者として一生彼についてまわるのかと思っていたけど、大丈夫だと言ってくれた。この町なら生きていけるかもしれない。

夕暮れの春風を頬に感じた。

帰宅後息子に言った。

「今まで、悪いことしたらおまわりさんが来るよって言ったけど、おまわりさんは君が困ったときに助けてくれる人だよ。歯磨きしないと虫歯になって痛くて、歯医者さんに行くよって言ったけど、歯医者さんは君の痛みを治してくれる人だよ。ごめんね。お母さんの言い方はまちがってたね」

息子は「知らない歯医者さんには入りません」と繰り返していた。

一年後、主人に転勤の辞令がおり、私たちは転居した。

その町で息子は二〇歳を迎え、障害基礎年金申請の書類作成のために精神科の医師の問診を受けた。二桁の足し算、引き算、九九は何とか答え、息子はだんだん得意になってきた。

「水が沸騰するのは何度かな」

「二〇度！」

「水が凍るのは何度かな」

「九度！」

「お風呂に丁度いいのは何度くらいかな」

「四二度！」

「ピンポイントで覚えとるんやなぁ。沸騰するがな」

後ろで聞いていた私は声を上げて笑った。心の中で「先生、座布団一枚！」と思った。

そして、この町でも生きていけそうだと思った。
きっと、どこでも何とかなるのだろう。
息子と生きていくこの人生ってそんなに悪くないと今は思う。

前向きにあきらめる子育て

美浦幸子

わが家の七歳になる一人息子は、中度の知的障害を伴う自閉症です。三歳のときに東京都内の病院で広汎性発達障害と告知され、その後、夫の転勤先の大阪で自閉症と診断されました。

振り返れば息子には、発達障害の兆候が診断前から見受けられました。自分自身でくるくる回る、つま先立ちで歩く、横目で見る等々。一歳半で始めたリトミックのサークルでは先生の指示に関心を向けず、一歳七か月のときには発語があったものの、徐々に言葉が出なくなりました。当時の私は息子のそうした様子に違和感を覚え、周囲のお子さんたちとの違いに「自分の育て方が悪かったのではないか」と不安を感じていましたが、発達障害に関する知識が皆無だったために、「個性、個人差」という言葉で無理に納得しようとしていたように思います。

また、息子は一歳半で身長が九〇センチ近くと並外れて体が大きく、地に足をつけば走り回ってばかりいました。これは体幹が弱くバランス感覚が悪いためにゆっくりとした動きが苦手なのが原因だと後になって知りましたが、当時は体が大きい分、エネルギーを持て余しているものと思っていました。そんな息子を日々追いかける私は疲労困憊。当の息子は散々走り回っても、寝つきが悪くて夜中に何度も泣くので、私は「眠くても眠れず、寝てもすぐに起こされる」の繰り返しから睡眠障害になりました。

当時、夫は非常に多忙だったこともあり、頼んでも家事や育児を手伝うことがなく、見兼ねた実母が時々上京して子育て支援をしてくれていましたが、息子が二歳二か月のときに事故で急逝。すでに父も他界していたために、悲しみに暮れる間もなく、実家の整理や処分、不慣れな相続の諸手続きを、息子を抱えてしなくてはなりませんでした。それらが一段落したところで、私はうつ病になりました。

病気になってからは、ベビーシッターの手を借りて育児や家事をこなすのに精一杯で、息子の様子に不安を抱きつつも、それ以上、何もすることができませんでした。息子が三歳のときには発語がない状態で近隣の幼稚園を受けて不合格となり、その後の三歳児健診では医師からの声掛けに全く反応しませんでした。紹介された大学病院では初診時に「一生しゃべれないかもしれない」と言われ、しばし呆然。その後、検査の結果、広汎性発達障害と告知されました。

告知の際には、自分の育て方のせいではなかったという安堵感をかすかに感じたものの、「障害」という言葉に打ちのめされ、涙が出ないほどのショックを受けました。それからしばらくは、なぜ自分の子が、なぜ自分がこんな目に遭わなくてはならないのかと苦悩し、子育てへの夢や希望が打ち砕かれたとの思いが抑うつ状態をさらに悪化させました。

しかし息子は毎日、笑顔を見せてくれます。毎日、毎日、笑顔を見せてくれるのです。その笑顔に、障害があってもなくても、この子にはこの子なりの楽しみがあり、幸せがあるのかもしれない、あるに違いないと思うようになっていきました。障害を告知されて動揺しているのは親だけで、息子は以前と何も変わっていないのです。そこで、自分がそれまで思い描いてきた「こんな子になってほしい」「こんな子育てをしたい」といった思い入れをすっぱりあきらめて、あるがままのわが子を受け入れ、この子に合った育て方を積極的に、前向きに模索していこうと思うようになりました。それが息子の自尊心を育て、息子なりの生き方を見つけることにつながることになるのではないかと考えるようになったのです。程なく、息子が夫に向かって「パパ」と発語し、その翌日には私に「おかあさん　すき」と言って抱きついてきてくれました。息子が私に大きな勇気と幸せをもたらしてくれた、忘れられない瞬間です。

障害告知以降は夫も家事・育児に協力的になり、私は体調が落ち着いているときに、発達障害に関する本を読みはじめました。児童デイサービスで息子の療育が始まると、本で得た知識と実際の療育を結びつけて考え、家庭でも療育的視点から、遊びや声掛けの仕方を意識するようになりました。息子が四歳のとき、夫の転勤で東京から大阪に転居すると、加配措置をしてくれる私立幼稚園に年中から入園。個別指導の療育センターにも通うようになりました。夏休みには家庭でも療育課題に取り組みはじめました。

課題づくりはセンターで取り組んだ課題をまねるところから始め、息子に必要だと思うことをトライ&エラーを繰り返しながら組み立てていきました。たとえば、自立課題は食品トレーや洗濯ばさみといった生活用品や、息子の興味を引きそうな乗り物や動物をあしらった一〇〇円グッズで手作りしました。ひらがなは筆圧が弱くて書くのが苦手な息子でも扱えるひらがなマグネットやカルタで学習し、数量は乗り物好きの息子が楽しめるように車のシールを数えながらはることで理解を促しました。

言語に関しては、語彙を増やすために息子が興味をもった物の名称、色、形を教えることから始め、二語文、三語文で周辺状況や日常の行為に言葉を当てはめて実況中継をしました。「風が　強いね」「お母さんが　ドアを　閉めます」といった具合です。今では不完全ながらも要求・拒否・援助要求が言えるようになり、さらに毎日の絵本の読み聞かせの蓄積からか、簡単な比喩表現まで使えるようになりました。

言語以外のコミュニケーション手段としては、スケジュールや身辺自立の手順を写真やイラストで示す視覚支援を取り入れました。自閉症児は視覚優位であると言われる通り、ひらがな・カタカナが読めるようになった現在も、イラストなどの視覚的な手掛かりがあると、理解しやすく、情報伝達がスムーズです。

こうして家庭でも療育に取り組むようになると、療育が単なるスキルアップのためのトレーニングではないことに気がつきました。療育をすることで息子の得意・不得意がわかり、その理由・原因を考えることで障害特性への理解が深まり、必要な支援に結びつけることができるのです。療育センターと家庭、そして幼稚園との連携によって、息子は自分なりのペースで成長していきました。定型発達児（健常児）との差はもちろんあるのですが、必要なのは相対評価ではなく、息子への絶対評価であり、本人の特性や社会規範に照らし合わせて過不足を補う支援だと思うようになりました。

息子自身、机上課題から生活全般におよぶ療育・支援の成果か、「わかる」「できる」ことがうれしいようで、一つひとつの取り組みに「できた！」「正解！」と声に出し、「学ぶ楽しさ」を表現するようになりました。こうした息子の意欲的な様子を目にして私は、知的障害があっても本人の認知の仕方、興味・関心に沿った方法で教えれば、少なくとも日常生活に必要な「実学」は習得可能なのではないかという手応えを感じるようになりました。学び方は違っても、学ぶ力はあるのです。自閉症の息子の能力・可能性は私にとって未知のもの。それを息子と一緒に追い求めることに、私は喜びとやりがいを感じはじめました。

一方、夫は大阪転勤を機に、休日に息子を連れて西国三十三所をはじめとする「乗り鉄小旅行」を始めました。乗り物好きの息子には、電車やバスに対する独特のこだわりがあるらしく、時折、パニックを起こしては夫の手を焼かせているのですが、二人での外出は余暇活動としてすっかり定着しました。また、山道を含む寺社巡りは息子の足腰を鍛え、平日にはなかなか関われない父親とのコミュニケーションを深め、私はその間に休養することで心身ともに復調してきました。

こうして夫婦で役割分担しながらの子育てが軌道に乗りはじめたと感じていたある日、思わぬことが起きました。息子が幼稚園登園拒否状態になったのです。本人が何を嫌がっているのか説明ができないため、原因の見当はつくものの特定して取り除くことができません。幼稚園側と再三話し合いを重ね、療育センターのスタッフ、小児神経内科の主治医、私の心療内科の主治医にまで相談しましたが、登園するには至りませんでした。そんなとき、成人した自閉症の息子さんをもつ知人から「問題行動は自己主張よ。ゆったりと育ててあげて」との助言をいただき、「幼稚園に行ってくれれば安心」と思うのは、息子のためというより親の都合だったことに気づかされました。そこで登園拒否四か月を経て幼稚園を退園、運良く公立の療育園が受け入れてくださり、私が付き添いながらも通えるようになりました。二〇一三年四月からは特別支援学校に通学しています。

子育てはまだ始まったばかり、療育・支援は今後も続きます。あるがままの息子を受け入れたつもりでいても、日に日に大きくなる息子が強いこだわりや不安感から激しいパニックを起こすと、押さえることも連れ出すこともできなくなり、つい声を荒げてしまうことや、心身ともに消耗して心が折れそうになることもあります。そんなときは「家族三人一緒なら、何とかなるさ」というわが家の合言葉を思い出し、「親の都合」や「思い入れ」を押し付けていないか再点検。思い当たるところがあれば、息子の明日のためにあきらめます。そして息子が将来、支援を必要としながらも可能な限り自立して、社会との接点を持ちながら、楽しみを見つけて人生を送れるように、これからも「前向きにあきらめる子育て」をしていこうと思いを新たにするのです。

ずっと娘の応援団

みささ

「自閉症の可能性があります」初めて病院を受診したときに医師から言われた言葉。その頃の自分に自閉症の知識はゼロ。「自閉症って何？　自分の殻に閉じこもっているってことかな？　確かに視線は合わないし、単調なひとり遊びが多いし。でも何でそうなったんだろう？　私の関わりが悪かったのか？」などと一人で堂々巡りしていると「これは自閉症関連の書籍リストです。良かったら読んで下さい」と医師は一枚の紙を差し出し「自閉症と言っても一生言葉が出ない人もいれば〝ちょっと変わった人〟くらいで社会の中で生きていける人もいて様々です」と言った。

当時、娘は二歳六か月。二歳健診のときに言葉や理解の遅さを指摘され、専門病院の受診を勧められていた。自分が若い頃、乳幼児の発達をみる機会があったが、そのときの子どもたちと比べると、言葉らしい言葉を話さず、人との関わりに興味がなさそうな娘の姿は、放っておいて良くなるとは到底思えず、専門病院を受診することにしたのだった。

しかしながら、受診の後はひたすら原因探しの毎日。妊娠中の食生活、早期破水や黄疸など出産前後のこと、乳児期の生活習慣、仕事場兼自宅の環境など様々な原因を考えては自責の念で押し潰されそうになっていた。そんなとき、知人に「愛情不足。ずっと独りにしていたからだ」と言われ、さらに激しく落ち込んだ。ただ、後から冷静に考えれば、忙しい家業の中、六か月で九キログラムあった大きな娘をおぶって一日中立ち仕事をしたり、家業が暇な時期には努めて外遊びに連れて出たり、地方に住む自分の親きょうだいに娘の顔を見せに行ったりと、決してネグレクトしていた訳でもなく、「他人の子育てを簡単に評価しないでほしかった」などと思ったものだが、今となってはそれもどこか懐かしい記憶である。

さて娘である。受診前は数々の不思議な行動があった。室内に置いてある観葉植物の土をすくい出し、階段の上に盛り盛りと山らしきものを作るのが日課だったり、二〇本ものビデオテープを城壁のようにテーブルの周りにひたすら並べていったり、ままごと遊びようにと集めていた粉ミルクのスプーンを全部まとめて持ちたがり、形違いのものが上手く重ならないと癇癪《かんしゃく》を起したり、大人顔負けのスピードで型はめをしたり。決して楽しそうではなく淡々と一人遊びをしていたのが印象的だった。ほかにも服の着替えを断固嫌がり、着替えさせようとすると泣きわめいて抵抗したり、外に出て店に入れば、見ず知らずの買い物客や店員の腕にぶら下がってみたり、指定券のあるタイプの特急列車なら大丈夫なのに、普通列車に乗ると降りたがって泣き叫ぶなど特異な行動はあったが、全般的にはおとなしめで、多動で困るということはなかった。

診断後は三か月に一度の神経科の受診と、月に一度の作業療法を病院で受けはじめ、居住地の療育事業である「フォローアップ教室」にも親子で参加しはじめた。この頃になると、「落ち込んでいるのは娘じゃない。自分が落ち込んでいても娘のためには何もならない。一人の人間を同じ時期に違った環境で育てられることはなく、結局のところどれだけ考えてみても自閉症の本当の原因はわからない。それならば原因探しはナンセンス。今はできることを精いっぱいするべきではないのか」そんなふうに考えるようになった。今思えばここが自分の出発点だったのかもしれない。

療育場面で関わりのある保健師、心理士、作業療法士といった専門職と話せることも、自閉症について勉強を始めた自分には大変有意義だった。そして何よりも大きかったのが、同じような子どもをもつほかの母親の存在だった。子どもについていちいち細かいことを話さなくても気持ちが通じ合う相手というのは、心強い存在であり、精神的な支えだった。人は「自分ひとりじゃない。仲間がいる」そう思えることで強くなれるものなのだろう。

療育の開始から半年近くが経ち、三歳の誕生日を迎える頃、娘の語彙は急激に増え、二語文、三語文を次々と話すようになった。もちろんオウム返しも噛み合わない会話も多々あったが、言葉でコミュニケーションができるようになったことは素直に嬉しかった。

この頃医師から「広汎性発達障害」と診断を受けたが、娘の状態では加配保育士はつけられないと行政に言われ、入園は時期を遅らせ、年少時の一一月から一日保育で保育園へ通った。行政の基準には納得いかない面もあったが、民間の託児所を利用するなどその時点でできることを優先した。現在は医師の診断書がある園児は、年少時から加配がつくようになっており、時代の流れを感じている。

保育園の年中・年長時は、幼稚園新設の影響で保育園の園児数が減るなど、担任の目が行き届きやすくなり、娘にとってはラッキーだった。担任は障害児保育に長けていた訳ではなかったが、おもらしなど排泄面の心配や、コミュニケーションの難しさなど手のかかる娘に温かく接してくれ、娘も懐いていたことから、大きな不安なく保育園に送り出すことができ、当時の担任には今でも感謝している。

保育園時の娘への関わりについては、発達障害の勉強会や療育場面で良いと思ったことを参考にしつつも、あまり形にとらわれず、自分の勘を頼りにしていた。対応の仕方で気をつけていたことは、意識が逸《そ》れやすいので注目させてから話をする、説明はできるだけ短く簡潔に、肯定的な話し方を意識する、日ごと・週ごと・季節ごとのお楽しみを作る、などがあった。どれも効果があったと感じているが、一番はお楽しみを作って予告することだったように思う。たとえば毎日のお楽しみとは、夕飯に娘の好きなおかずを一品用意することを、保育園へ行く前に予告していた。週ごとのお楽しみは、週末に娘の食べたいお菓子を買うことを事前に約束し、限定したものの中から娘に選ばせて買うなどしていた。

季節ごとのお楽しみは、娘がテレビや雑誌などで興味をもった遊園地や水族館などの割引券や切抜きを、部屋の壁やカレンダーに貼って見せて、家業が落ち着いた頃に訪れる、ということをしていた。先にお楽しみがあることで、大人でも子どもでも、発達障害があってもなくても、頑張る気になれるのは、人として同じではないか？　と考えたからだった。

小学校は普通学級に在籍し、一定の時期だけ特別支援学級を利用した。算数でのつまずき、書字の難しさ、おもらし、指吸い、声の音量調節の難しさ、一方的なコミュニケーション、辞書が使えないなどの心配事があったが、私塾の利用、ソーシャルストーリーの活用、療育事業であるソーシャルスキルトレーニングへの参加、ノートのマス目や漢字ドリルの工夫、電子辞書の利用などの対応をしながら過ごした。声の音量調節は、担任が声の大きさのレベル表を教室の壁に貼ってくれるなど協力もあり有難かった。指吸いは、止めるよう強制はしなかったが、高学年になる頃に自然となくなっていた。娘は係活動や勉強はいつでも真面目で一生懸命だったが、対人関係は難しく時にいじめもあった。そんな中、担任が道徳学習を行ってくれたこともあり、ひどく深刻な状態にはならずに過ごせていた。

娘は運動が不得意で体育の授業を受けることは難しかったが、学校以外の運動にも目を向けさせようと、親が始めた登山やマラソンの大会に一緒に連れ出た。登山ははじめ、長く歩けず泣きべそもかいたが、お菓子で釣ったり（笑）、山の上でラーメンを作って食べたり、景色を楽しんだりしているうちに、段々と長い距離が歩けるようになり、今では三〇〇〇メートル級の山の縦走もできるようになった。マラソンはタイムはまったく速くなかったが、二年生から六年生まで、市民マラソン大会で二〜三キロメートルを走った。どちらも自分のペースでできること、単調な動きや明確なゴールがあることが娘には向いていたように思う。何より登山客や沿道の観客など見ず知らずの人から褒めてもらい、応援してもらえることが貴重な体験だった。

幼児期ほどの摩訶不思議さはないものの、娘の言動には驚きや笑いの連続で、大変だと思ったこともあったが、いわゆる定型発達の子育てでは味わえないことも多かったと思う。そんな中、一〇歳になったのを機に、娘が幼少の頃からお世話になっている心理士と相談し、本人告知をすることにした。これは、娘が自分の診断名を知ることで、自分の得手不得手を客観的にとらえ、自分や他人、物事との付き合い方のヒントを得るなど、今後の人生に前向きになれたらと思ったことと、娘が周りとのズレを感じはじめていたのが理由だった。

告知の後、娘は「なんだかホッとした。どうして自分はいろんなことがみんなと同じ様にできないんだろう？　と思っていたから」と話した。その後は自ら発達障害者の自伝などを読み、「うんうん。この感覚わかるわ〜」と言うことも多かった。ある時「自閉症の子のお母さんはみんな苦労したって書いてあるよ。お母さんも苦労したんだねえ〜」としみじみとした口調で言うので思わず吹き出しそうになったが「工夫はしたけど苦労はしてないよ」と返事をした。娘の素直さには感動することもしばしばである。告知をしたことで、発達障害について良い面や工夫が必要な面など、オープンに語れるようになったことが大きかった。ただ、思春期に入り、精神的に落ち込んだときには、自分に発達障害の診断があることをひどく悪くとらえ、自己否定的になるなど時期的な難しさも出てきた。本人告知は言って終わりというものではなく、後のフォローの方が大事なのだとも感じている。

診断から一〇年あまりが経ち、「子育て」と言うよりも「親育ち」の感が強い。娘の成長を通じて出会った人との関わりや、発達障害の知は間違いなく自分の世界を広げてくれている。娘と親子になれたことに感謝したい。ユニークな娘に寄り添いながら、これからもずっと娘の応援団でいたいと思っている。

でも大丈夫！

碧　ゆう

いろいろあったな。長男リョウのこれまでの八年を振り返ってまずそう思います。発達障害がある、としてスタートしたのはリョウが二歳半のときです。検査をし、診断してもらいました。

「自閉症スペクトラムです」という言葉を耳にした瞬間は今でも忘れません。私自身が疑い、小児科で相談し、検査をすすめてもらい診断に至ったのですから、覚悟はしていました。それでもその瞬間は頭が真っ白になりました。音も時間も色もない世界に独り来た感覚になりました。そしてすぐさまリョウの社会人となる過程が早送りで再生されました。波乱の想像が頭の中で流れ私は彼の一生がどうなるのか混乱してしまいました。

医師から説明を聞いているうちに、自閉症スペクトラムの意味、生活の仕方、今後がとりあえず整理でき、共に帰った夫と「ショックやな。でもやっぱりそうやったな」とお互い言いました。

しかしその反面、何かがおかしいとずっと思っていたので明確になり救われました。他のお母さんがリョウの様子を見て「愛情が足りてないんじゃない？」と言ったこともありました。愛情をもっていることは自分が一番分かっているけれど悩みました。でもそうではなかったのだと分かり、自分の愛の注ぎ方に安心できました。

また、接し方をうまくやれば今までよりスムーズにいくのだと分かり日常生活に光が見えました。実際にコツがありました。診断は恐いけれど希望となるものです。

診断を受けるまでは、まず言葉が出ないことで悩みました。一歳にもなればママとかワンワンとか言いはじめている周りの子。ママって早く言ってほしいなと願いながらも全然出てこない寂しさ。その上に苦労がありました。リョウは待てナイ、じっとできナイ、終われナイ。そして言葉で言えナイから手がでる、かんしゃくをおこして暴れる。私は非力でもないはずなのですが、いつもどこかに青あざがありました。夫の帰宅は深夜が多く、土曜も仕事、日曜も仕事のときも時々あり、私の実家も電車で二時間近くかかり、夫の実家は近くても共働き。日頃は結婚してやってきた、慣れない環境で初めての子どもを育児していました。孤独感が疲れるのかと思いベビーサークルや公園にも行きました。ママ友ができたことはとても良かったのですが、〈ナイづくしの暴れる〉リョウですから謝ることも多くて気分転換とは程遠く課題の時間とも感じられました。

三歳になる年、保育園に運よく入ることができ、育児も半分ことという形になり私も余裕が持てるようになりました。隔週一度の発達訓練も行きました。やはり子どもは子どもの中で育っていくのか少しずつ言葉が出てきました。二歳後半にママとか石とかの言葉が出てきました。自分の育児にようやく一つ丸をもらえた気分になりました。その頃も、クーラーに怯え泣き騒ぐため汗だくで慣れさせたり、何かを終えるたびのかんしゃく、じっと布団にいられないから寝かせにくい、保育園でのトラブル、など細かい壁は常時でしたが。

三歳の誕生日直前の夏休みに大きな出来事がありました。家族での福井と石川の旅行でホテルに到着した夜です。夫が急に激しい腹痛を訴え、救急車で搬送される事態になったのです。救急車の中で両方の両親に連絡をした後、痛がっている夫が気になりながらも異常事態に興奮しているリョウを落ち着かせることに必死でした。救急隊員に紙とペンを借り、絵を描いて「パパ痛い痛いから病院に行くね。大丈夫」ということを何度も説明をし、いつも財布に入れていた大丈夫とかお利口の意味の自作〈絵カード〉を見せていました。病院へ搬送される間にリョウは少し落ち着きましたが、夫の検査治療中はまた大変でした。食べるものは持っていたものの足りなくて泣いたり、うろうろしたがったり。売店も閉まっていましたし、必死であやすのですが就寝中の入院患者さんに迷惑だからもう少し静かにと注意もされました。眠気やパパの心配でリョウは手におえないレベルでした。

数時間後京都から夫の両親が駆けつけてくれ、助かりました。夫は十二指腸に穴が開いたのが原因の痛みだったようで、そのまま入院となりました。私とリョウは私の実家で二週間過ごしました。夫も元気になりヤレヤレと思った私にはヘルペスができました。思ったより大変だったようです。その後治り本当にヤレヤレでした。

病院話としてもう一つあります。リョウの妹の妊娠出産です。つわりのひどかった私にはリョウの〈暴れ〉はなかなかの峠でした。出産時は祖母宅へ預けました。入院中リョウは耐えられるかなと心配でした。朝パパと保育園へ行き、祖母が迎えに行ってそのあと私の病院へ顔を見せに来てくれました。

リョウは楽しみにしていた赤ちゃんを見てとても喜んでいましたが、いざ帰るとなると〈ナイづくし〉のリョウ。大暴れ！……ではなかったのです。見送りに廊下へ出ようとすると、

「ママ、ここにおって。もう見んといて」

と言うのです。だんだん離れていくことが余計に寂しいからここで覚悟してバイバイする、という意味だったのです。遠くなってからこっそり見たその後ろ姿は泣いていました。片手は祖母と手をつないで、もう片手は涙をふいて。たまらなかったです。最高に切なかったです。でもその成長ぶりが最高に嬉しかったです。私も、病室で泣きました。

それからもうすぐ五年がたちます。保育園も無事卒園しました。言葉が周りに追いつき理解能力もついてきたので入学前に校長先生へ理解と協力をお願いし、普通学級に入学しました。担任の先生へは、なるべく説明の言葉を簡単な言葉で可能な範囲で板書をお願い

しています。今のリョウは〈ナイづくしの暴れる〉ではなくなり、説明をすることや説明をされて理解することが苦手です。苦手なことが成長とともに変化していくのだと知りました。何があったか説明するにも順序だてることが苦手です。言葉でてきぱき説明をされても一度では理解し難いのです。今は絵カードを使っていませんが、文字や絵といった視覚のほうが理解が速いのは明確です。他の子どもでもそういう傾向ですので、担任の先生は大変な特別事項ということでもなく板書し、リョウがクラスの一員としてスムーズに過ごせるよう心掛けてくださっています。

習い事はそろばんと空手です。そろばんは体験でリョウが気に入って始めました。時間が限られているので集中できるようです。空手は夫が空手指導の仕事をしているので始めました。親が先生だとなかなか難しいこともありますが、リョウは練習時間、皆と同じようにパパを先生として割り切れています。親よりリョウの方がすごいなと思えるところです。

というのもたいてい親は子どもに期待してしまいますが、夫は指導者ですからそれ以上です。それによって夫婦での話し合いもありましたが、最近、他の子と違って「リョウだから無理。これ以上うまくならない」という話が夫から出ました。自閉症だから、という意味です。空手の試合では駆け引きも重要となってきます。それがリョウにはできないからいくら練習をしても無理だと言うのです。一瞬で後先を考え行動するということは確かにリョウは苦手です。考える→理解する→行動する、というテンポが人よりも遅く、予測も難しいのです。夫は落胆していました。よその先生だったらそうかもしれない、でもリョウの親なのだから乗り越えられるんじゃないかなど話し合いました。「そうじゃない」という一言にしても、「そう」を具体的に言い換える、否定でなく肯定の言葉を使って、今まで以上にやって見せるとか、改善方法を考えました。あとは日頃の生活の中で補っていくしかありませんが、とりあえず夫は気持ちを新たにやってみようという気になりました。リョウは空手を頑張っていることに自信をもっています。

人前で形などやって見せず、入賞を自慢もしないのですから、誇りとなっていると私は思うのです。だから親が先に諦めて道をプッツリ切ることはしたくありませんでした。

今後上手くなっていくか、はたまた弱点が克服できないかは分かりませんがやってみます。

今まで、書ききれなかった壁もたくさんありました。でもなんとかやってこられました。家族や、保育園や学校の先生や友だちがあってこそだと思います。無理かなと思うときも最近では「でも大丈夫」と、やらせてみようという諦めない気持ちになれます。なんとかやってこられたイコール結局大丈夫なんです。命に関わるわけではないですし、その瞬間は必死ですが本当の計り知れない壁にはぶつかっていないのでしょう。大人になって社会で生きていくための糧を今、身につけさせたいです。周りの方の助けも必要ですが、自分からも進むために、コミュニケーション方法をたくさん知って自分で自分を補える力も持てるように育てていきたいと思います。最近は妹との喧嘩も多いですが、こういうときはこう言えばうまくいく、こう思っているからこんな態度をするのだと説明をしています。理解し次やってみてもマニュアル通りにいかずまたリョウはパニックですが、また説明します。小さな積み重ねが大きな糧となるよう願っています。

自閉症の子の親となって、他の親子にも大らかな眼差しを向けられるようになったと思います。子どものことをしっかり話し合える夫婦にもなれました。初めはショックだったことも、いいことに繋がっている。自閉症でも親子共々大丈夫なもんです。むしろ発達障害の子の育児をしたことが将来財産となりそうです！

あたふたママ日記

三原生江

「ぼくは宇宙から来て、この地球で修業させられてるんやと思う」

大学生になった長男が、一〇歳のときにつぶやいたことばです。

この子がお腹にいるとき、私は思っていました。どんな障がいをもって生まれてきても、きっと大事に育てよう。人の気持ちのわかる優しい子になってくれたらいいな。

小学三年生のときに広汎性発達障がいとわかり、それが自閉症のことだと知り、自閉症についての知識がほとんどなかった私は打ちのめされました。「人と関わりをもてないっていうこと？　優しくなれないっていうこと？」

でも、それは違いました。彼は、誰よりも優しい子でした。自分から人と関わることは難しいですが、一生懸命に人の気持ちを推し量ろうと努力し続けます。

赤ちゃんの頃。彼は、母乳以外のものを受けつけませんでした。おっぱいを飲みだすと離さず、一時間以上、長いときは五時間も吸い続けます。そっと外してみると大声で泣き、泣きやみません。母乳が出ていないのかと思い、哺乳瓶でミルクをあげようとしても、感触が嫌だったのか、味が気に入らなかったのか、ほとんど飲みません。離乳食の頃になり、初めて挑戦した食べ物は、おかゆとほうれんそうと納豆。なんと一口ずつですが口に入れました！　けれども、翌日から、それ以外のものを口に入れませんでした……。最初に口に入れたものが、おかゆとほうれん草と納豆でよかった！　その後、少しずつ食べられるものの種類は増えていきましたが、本当にすこ～しずつ。幼稚園に行くころまで、ごはん、カリカリしたもの、のり、から揚げ、汁物に入った細かく切った野菜、味のついていない茹で野菜、決まったメーカーの牛乳など、決まった食感、決まった調理法のものしか食べませんでした。また、首が座らないうちは、抱っこをしても身体をそってしまい、しっくりと抱かれているということがほとんどありませんでした。縦抱きができるようになってくると、今度は抱っこかおんぶされていないと泣き続けるようになりました。

夜は一歳を過ぎても一時間続けて寝ればよい方。三歳頃になって夜眠るようになってくれました。私も夜ほとんど寝ずにそのまま仕事に行く日々が続いていました。

心の底では助けを求めていながら、一方で「こんなことはみんなやっていることなのに、私だけできないはずがない、頑張らないと！」と目いっぱい頑張っていました。気持ちの余裕がありませんでした。

歩きはじめは一歳半を過ぎてから。歩き回れるようになると、コマのようにぐるぐる回り続けるようになりました。回っていないときは、ミニカーやトランプなどを延々何時間でも並べ続けていました。こちらが話しかけても聞いていないようでした。けれども、彼が好きなことを私がいっしょにやることは拒みませんでしたから、一緒にぐるぐる回ったり、並べたり、本を見て物の名前を言うのに付き合ったり、言ってほしい言葉や歌を何回も繰り返したりして一緒に時間を過ごしました。

一歳半健診後、保健所から、「発達に遅れがあるようなので相談に来てください」との電話をいただいたのですが、怖くて行けず、相談できる折角の機会も逃してしまいました。気持ちが張り詰めすぎて、まともな判断ができなかったように思います。

三歳を過ぎてから、問いかけにことばで答えるようになりました。やっぱり大丈夫。もうすぐ「普通の子」になる、と信じようとしました。

そして、小学校に入学。文字や数字はわかっても、友だちと関わることや、靴紐を結ぶこと、絵を描くことや物を作ること、体を動かすことなどがとても苦手で、ちょっとしたストレス（たとえば気候の変化や予定の変更、ざわざわした感じなど）に大変弱い子でしたので、私は、毎日がとても心配でした。

また、ほかのお母さんたちはちゃんと教えてきておられるのに自分は教えてあげることができなかった、甘やかしてばかりいたせいだろうか、もしかして、自分には母性がないのかなどと自分を責めてばかり。人から「お母さんが無口だしねえ」とか「お母さんが仕事忙しいからねえ」などと言われることを真に受けて落ち込むこともよくありました。

小学三年生になったある日のこと、職場に小学校から電話がありました。「息子さんがいなくなりました！　現在捜索中です」と。

事の詳細は、こうでした。その日は、バス車庫への社会見学で、出発前に学年全員がグラウンドに集合しました。一部の子どもたちがいつまでも騒いでいたので、先生が「そんなことをしていたら連れて行かないよ！」と注意されたそうです。それを聞いた息子は、「連れて行かないよ」だけが頭に残り、「楽しみにしていたバス車庫に行けない」とショックを受け、下駄箱の隅に隠れてしまったと……。この事件がきっかけとなり、その当時の担任の先生が、市の通級指導の担当をされていた、発達障がいに詳しい先生に相談に行くことを提案してくださいました。私も藁をもつかむ気持ちで、相談に行かせていただきました。面談や発達検査を経て、先生は話してくださいました。

『息子さんは典型的な高機能広汎性発達障がいでしょう。しつけの問題ではありません。広汎性発達障がいの重さに比べて社会に適応できている方です。大変だったと思いますが、よく頑張ってこられましたね』

私は、涙があふれて止まらなくなってしまいました。そのときはなぜそんなに泣けるのかわからなかったのですが、今から考えると、「発達障がい」と告げられたショック、自分のせいで息子がこうなったのではなかったのか、というホッとしたような気持ち、また、今までのしんどかった思いなどが一度に噴き出してきたような、そんな感じだったように思います。

そのときから少しずつ、息子と自分自身を「大目に見る」ことができるようになっていきました。何より、この子がほかの子と違うことを悲しむのではなく、この子にとっての幸せとは何かを考えながら育てていこうと思えるようになったことは幸せでした。子育ての二度目の出発点ともいえるときだったのかもしれません。

小学校を卒業する頃、病院で診断を受けることにしました。脳波検査、脳のMRI検査、WISC—Ⅲなどを行い、その後の診察日。もう中一の一一月になっていました。先生が、長男にWISCの結果をお見せになり、「得意、不得意の差が大きいから、二年に一度くらい検査を受けに来てください」とおっしゃいました。実は私は、まだ本人に障がいのことをはっきり伝えていませんでした。どのように本人に伝えようかと迷っているような状態だったのです。ですから、検査の結果を見せられて本人がショックを受けているのではないかととても心配になりました。けれども、帰りのバスの中、彼は笑って言いました。**「差が大きいということは、個性的ということでしょう。個性的になりたいと、ずっと思ってた。ほかの人とは違う自分がいいと思うし。みんなといっしょなんて嫌やから」**私が知らないうちに、子どもは成長していたようです。

それから約三年が過ぎ、高校に進学するにあたって、本人に、「広汎性発達障がい」という障がい名を伝えました。「障がい」か「個性」か、どう捉えるのが本人にとって良いのか、ずっと迷っていたのですが、今後、彼自身が自分のことを自分で説明しなければならないこともあるだろうと考え、伝えることにしたのです。そのとき彼は、「**やっと、すべての謎が解けた。これまで何かおかしい、ずれている、どうしてこうなんだろうと思って悩み続けてきた。心配しなくても、僕は十分そういうことを自分で消化できるから。教えてくれてありがとう**」と言いました。そして、翌日から自閉症に関する本を次々に読みはじめました。

日々楽しく過ごしているようで、彼の発達障がいのこともあまり気にしなくなっていたある日、何かの話の拍子に彼は言いました。「**自閉症は優性遺伝だから増えていくのは当然だ。自閉症の遺伝子を持っている人は子孫を増やしてはいけないんだ**」と。私はショックを受け、返す言葉が見つからず、けれども自分に自信を持ってもらいたくて、「でも、自閉症の遺伝子を絶やすことで、天才と言われるような人たちも生まれなくなるのではない?」と言いました。彼は、「**それはそうかもしれない。でも、自分のような辛い思いをする人をこれ以上増やしたくないんだ**」と言いました。本当に返す言葉が見つからなくなりました。しばらくの無言の後、「今もやっぱり、しんどい?」と尋ねると、「**しんどいけど、昔よりはずっとマシ**」と彼。「これからもっとマシになっていくよ、きっと。で、一番辛く思っている人たちに、『だんだん楽に生きていけるようになる』って教えてあげるのは、あなたの役割かもしれないよ」と私。「そうかもしれない」と言い残して、彼はそ

のままお風呂に入りに行きました。長い入浴の後、彼は言いました。「あのな、将来、自閉症を解明して、自閉症を治す薬、作りたいと思うねん」

自閉症を治す薬ができるのかどうかわかりませんが、自閉症のままであっても、「生まれてきてよかった」「生きていてよかった」と思える人生を送ってほしい、また、そういう社会になってほしいと思っています。

「泣いて、笑って、幸せで」

宮口治子

私には、一〇歳になる双子の男の子と、年子で九歳の女の子がいます。本来ならば、

「今ではすっかり楽になった？」

と聞かれれば、

「そうよね。昔は大変だったけど」

と笑って答えられたはず。

でも、うちは、ちょっと違います……。

長男は生まれつき知的障がいを伴う、重度の広汎性発達障害です。運動能力的には普通の子と変わらず成長しましたが、子育て中に「あれっ？」と思うようになったのは、一歳を過ぎた頃でした。

言葉がなかなか出てこないこと。聞こえていないのかと思うような無愛想な態度……。次男と比べて、扱いにくかったこと。

周りからは、双子だから言葉が遅いんだとか、テレビを見させすぎだとか、私の言葉掛

けが少ないんだ等、色々云われました。

結局、一歳半で保健師さんに来ていただき、やはり疑がわしいとのことでさらに半年待ちで二歳のとき、専門の先生から診断を受けました。

そこからは、ここには書ききれないほどの出来事、心の葛藤、長男との療育の日々が始まりました。

そんな長男も、今年五年生になりました。

長男「ヒロ」が通う、特別支援学校は、この春に新校舎が完成し、全校全学年がお引っ越しすることになりました。何より生活が変化することが苦手なヒロ。校舎、友だち、バスルート、そしてキーパーソンとなる先生もすべてが変わりました。そしてアレルギー体質のヒロは春先には花粉症で辛い時期になるので、私も主人も心配していましたが予想通りの大荒れでした。

言葉での意志疎通が難しいヒロ。単語はやっと四年生頃からオウム返しでポロポロと出はじめたものの、要求などはハンドリング（大人を引っ張って連れていく）が主な伝達手段。

大きな変化と花粉症の酷い症状の影響からか、自傷行為（自分の頭を自分の手で強くなぐる、自分の手にかみつく等々）はもちろん、私や主人、祖父母や先生方にもかみついたり頭突きをしたりと激しく暴れて泣きだすことが増えました。

そんな春先のエピソードを一つ、お話します。


まだ肌寒い三月中旬の朝。

私は朝食を作りながら、カウンター越しにやり取りを見ていました。

双子の次男「ユウ」が制服に着替えるために温風ヒーターの前を陣取って座っていました。ヒロも寒かったのか、次男の横にやってきて隣に立っていましたが、だんだんストーブの中央に寄って行こうとしました。

隣から足全体で押されるように感じた次男は、さり気なくヒロを手で押し返しました。おそらく、そのことが気に入らなかったのか、珍しくヒロが上から座っているユウに、げんこつを一つ、落としました。

元々ヒロは穏やかな性格で、自分から手を出すことはしないタイプなので、ふい打ちだったユウは驚いた表情とともにみるみる怒りの表情に変わりました。

「ヒロ！　何するんだよ！！」

反撃したユウは、ヒロをドンと押しました。

そこからヒロはくじけてしまい、自傷を始め暴れだし、主人が止めに入りました。

「止めなさい！　ユウ」

こんな場合は怒られたり、我慢させられるのはやはり理解力のある子どもたち……私もつい次男を叱ってしまいました。

そのとき、「くやしい」という怒りと、「ヒロには優しくしてやらないといけないんだ」というやりきれない心の葛藤で、ユウの表情がみるみる歪んでいきました。

（しまった……このままではいけない！！）

そう思った私は、ユウを台所に呼びました。また怒られると思ったのか、恐る恐る私に近付き、私を見上げた目には沢山涙が溜っていました。

そんなユウを、ぎゅっと両手で抱きしめてやりました。そして、優しく云いました。

「ごめん……、ごめんねユウ。ユウはちっとも悪くないの。悪いのは、お母さんなの。ヒロを病気で生んでしまったお母さんが悪いの。怒ってごめんね、お母さんが悪いの――。」

病気は、障がいは、誰のせいでもないけれど、咄嗟に口から出てユウに謝まっていました。ユウがヒロを嫌いになってほしくない一心でした。

すると、私のうでの中にいたユウが、

「お母さん！！　やめて！！　お母さんは悪くないんだ！　僕が悪かったんだよっ……お母さぁん、ごめんなさいー！！」

ウワァァン……と、ユウの目から涙がボロボロとこぼれ落ちました。私も一緒に泣きました。ユウの表情からは怒りは消えて、涙が悲しみを包んで落ちてゆきました。

妹は、少し落ちついたヒロと主人のそばに付いて優しくヒロをトントンと触っていました。

「ユウ。よく考えたらさ、初めての兄弟喧嘩じゃない？（笑）　良かったじゃん？」

落ちついたユウに話しました。

「嫌だよ。嬉しくない。だって、僕は勝てないもん」

主人も妹も、笑っていました。

ヒロは我が家に一緒に住んでいる〝宇宙人〟みたいです。同じ空間に居ながら、別の世界に住んでいるような態度。ヒロは見るもの、感じるものが〝普通〟とは違うようです。一体どんな世界に居るのかな……と思います。

ヒロの障がいを受け入れたとき、心に決めたことがあります。

〝絶対に「幸せ」になること〟

考え方一つで、人は幸せにもなれるし不幸にもなること。ヒロだけではなく病気や障がいをもち〝弱い立場〟に、人はいつなるかわからず紙一重ということ。周りの人に支えてもらったときの優しさにふれて涙があふれるほど感謝すること。話せなくても、ヒロから教わったことは沢山あります。

小児科医の主人は、親としてはもちろん、医師としても障がいをもつ親の気持ちに寄り添える医師にしてもらいました。

次男と長女も、本当にヒロが大好きで（親バカですが）心の優しい子に育ってくれています。

毎日毎日何かが起きる、泣いたり笑ったり嬉しかったり感動したり悔しかったり怒ったり！！

だけど云いたいのです。

〝私は幸せです！！〟と。

息子と私のアスペな毎日

棟方美由紀

うちの息子はアスペルガー症候群。今年で一一歳、小学五年になる。初めて発達検査を受けたのが四歳半で、診断は五歳の誕生日寸前。うちの子は思い込みが激しい。勘違い、被害妄想。その上肝心なことは話せない。普通のくだらないおしゃべりは雄弁なのに、自分の困っていることはまったく説明できない。いつも一人で怒っているように見えた。

保育園時代、息子は動物園が大の苦手だった。毎年、春の親子遠足はバスに乗って動物園に行くのだが、年長になるまではいくら「動物園に行くんだよ」（行きたくないなら休んでも良かったので）と言っても、そのときは楽しそうにしていて、現地に着くと怖がる……という感じだった。余談だが、うちの息子は滅多なことでは泣かない。痛みに関する神経が鈍いのか注射でも点滴ですら泣かない。競争心も弱いから悔し泣きもない。生後四か月から保育園に通っていて、自分の姉兄は学校、父母と祖母も仕事だったせいか、園に行きたくないと泣いたこともなく（新学期、新園児たちが玄関で泣いているのが理解できずあきらかに鬱陶しそうだった）唯一泣くのはイライラが爆発したときぐらいだった。そんな息子が動物園では大泣きをする。入口をすぎ、恒例のシロクマの檻前での写真撮影から怪しくなってくる。そこは正門を抜けてすぐのメイン広場なのだけど、息子の苦手はその先のオタリアだ。シロクマの檻から少し先にあざらしのプールと並んであるのだが、とにかくオタリアはいつも大声で吠えまくっているのだ。ブゴ〜〜！　その声に反応して泣きはじめるのでそれが怖いのだと思っていた。なので、その付近のビーバーやかわうその前も息子を抱いて毎年駆け抜けていた。その次にライオンなどがいる猛獣コーナーがある。猛獣たちはたいてい寝てばかりいて人が来ても興味もやる気もなさそうなのに、息子はここも大泣きでまたもやダッシュ。先ほどのオタリアのことを引きずっているのかとずっと思っていた。

そんなわけで、私たち親子は毎年動物を見ることはなく、集合写真を撮るためのサル山まで駆け抜けていた。ちなみに、サルは怖くないけれど、檻にしがみついて見ることはなく、動物に興味がないのかと思うほどだった。でも、当時我が家では犬三匹、猫二匹飼っていて息子もかわいがっていたので、興味がないというのも違和感があった。

そして親子遠足最後の年長のとき、ふいにもらした息子の言葉から、謎は解けた。どうして動物園が怖いのか、どうして見ることができないのか。

その年もシロクマの前でいやいや写真を撮って、サル山まで走り抜けたけれど泣くことはなかった。前年まで大泣きだっただけに、年長さんとしてのプライドはこんなにもすごいものなのかと感心した。と、同時に高すぎるプライドがこの子のストレスにも繋がっていたので心配でもあった。だから、サル山で二人だったときに、

「怖いなら我慢しなくていいよ。あのオタリアはみんなが見に来るとはしゃいじゃって大声で叫ぶから」

と、慰めた。すると息子は口をとがらせて、

「違うよ！　いっつも怒ってばっか！」

と言う。なるほど、とても大きく、低い地響きみたいな声だからそんな風に感じていたんだ！　とわかった。ただ単に大きい音だから苦手なんじゃなく、怒鳴り声に聞こえてしまうのだなあ……と。そしてそれは、たとえ自分に向けられたものでなくても恐怖に感じてストレスになるのだと、このとき実感した。しかも泣かない息子を泣かせるほどの恐怖。この子たちの日常にはそんな勘違いだけれど堪え難い恐怖が転がっている。しかも自分では勘違いに気づかないから周りが気づいて一つひとつ誤解を解いていくしかない。このときも私は、

「えーっ！　怒ってると思ってたの？　そりゃ怖いよね！　あんな勢いで怒ってたら食べられそうだもんね！」

と肯定しつつ笑い飛ばし、

「まあ、オタリア語はわかんないけど、お母さん、あいつは目立ちたがりのお調子もん

で、みんなが来ると『イエ～イ！　俺を見てくれ～』って叫んでるんだと思ってた」と話した。もちろんすぐに納得したわけではなかったけれどそれからも動物園にいくたびにその話をした。（その年は月一回位行った）そのうちにだんだん、その付近の展示は見れるようになり、オタリアも見れるようになった。するとある日、檻の掃除のためプールの水が抜かれていて飼育員さんが大きな業務用掃除機みたいな機械で床を磨いていた。そばにはオタリアが寝転がっていて機械が来ると逃げていた。その中で一頭だけ、機械にちょっかいを出しているのがいて、飼育員さんが怒るといたずらっ子みたいに逃げていた。私たちも面白くて見ていた。息子もこのときは食い入るように見ていた。すると飼育員さんが、

「こいつ、本当に人間が大好きでこんな風にじゃれてくるんですよー。みんなが見に来てくれるとうれしくなっちゃっていつも『ブオーブオー』って騒いでるでしょう」と楽しそうに話してくれた。それを聞いた息子は、

「なんだ、本当に怒ってなかったんだ……」

とつぶやいて、それ以来オタリアが大丈夫になった。それでも時々は怖いようで、

「でもこいつ、うれしくて騒ぐんだよね」

と自分に言い聞かせるように言ってくる。ともあれ、オタリアの件は解決した。でもあの日、もう一つわかったことがあった。

「オタリアは怒っているわけではない」と息子に言い聞かせながら私はふと、「ライオンや虎は鳴かないのにどうして怖い？」と思った。だからそのまま、

「ライオンとかは鳴かないのにどうして怖いの？」

と聞くと息子は、何言ってんの？　って顔で、

「肉食獣だよ！　怖いに決まってんじゃん！」

と、怒った。でも今度はこっちが何言ってんの？　と思い、

「でも、寝てばっかでしょう」

と言った。息子は小さく早口で、

「でも起きて出てくるかもしんないし」

その言葉に私は固まった？？？　出てくる？

「出てくるって、檻から？」

息子はうなずいて、

「あいつらペラペラになれるっしょ。それに、檻なんて簡単にグニュって曲げちゃうし」

と本気で怖がっていた。瞬間、私には『トムとジェリー』が思い浮かんだ。それは当時息子が大好きだったアニメだ。その中には確かにそんなシーンがたくさんあった。

「あれは漫画の話だよ！　現実にはないんだよ！　ライオンだって虎だって、あんたと同じ体の材料でできてるんだからぺっちゃんこになってペラペラになることはできない

よ！　あんた、ドアに指はさんだときもペラペラになったり、指が大きくなって光ったりしないでしょう！　あれはトムとジェリーの仲間しかできないの！」

と言い聞かせた。すると息子は驚いて、でも、

「檻は曲げられる。力強いし」

と言い張った。だから、それは間違いないけれど鉄の檻は猛獣より強いこと、鉄という素材は簡単には壊れないことを教えた。言いながら、息子が今まで鉄の下水溝の上を通れなかったことや、ほかの動物の檻にもあまり近づかなかったことを思い出し、こんな理由があったのかと愕然とした。療育先の先生から、テレビの世界と現実の区別がつきにくいことは聞いてはいたものの、私たちにとってこんなに有り得ないことも認識できないものなのだなーと思った。後日、ハリーポッターの映画を見た後で息子は、

「確かにトムとジェリーは漫画だもんね。でも魔法使いはいるんだよね。映画に出るぐらいだし。赤い汽車乗って俺も魔法習いに行きて〜」

と言っていた。私はそれについて、

「あ〜でも、あれは魔法の力を持ってる子にしか入学のお手紙がこないからね〜。あんたの親戚に魔法使いはいないから残念だった！」

と言った。このとき私はどうしても、六歳の息子に現実だけを説明する気になれなかった。多分アスペの子には違うものは違う、いないものはいないと教えるべきなのだと思う。で

もこの時はまだお話の世界を夢見ていても良いのでは？　と思った。いずれもっと年がたってそれでもわかっていなければ現実を少しづつ教えればいいと。現にサンタクロースについては毎年のように子どもたちの間で論争が巻き起こっていた。いると信じている子も多くて、子どもたちなりの意見がぶつかりあっていた。息子もかなり長いこと信じている派の一人だったけれど、三年生でとうとういないと認識していた。大人があえて口出ししなくても友だち関係さえ大丈夫なら子ども同士で学ぶことも多い。でも空気を読むではないけれど、友だちとの付き合い方についてはいまだに息子も勉強中だ。これは親と教育関係者で何年もかけて教えるしかないのだけれど幸い息子は順調に人間関係を築いている。三年生の秋からは野球も始めて、戸惑いながらも日々成長している。学校に入学してからもいろいろあったけれど息子を通して私もやっと、三人目の子どもにして親になることができたと思っている。だから、今はアスペで生れた息子に感謝している。これから思春期、また勉強と闘いだと思うけど、一緒に成長していきたい。

総　評

それぞれの体験を通して

三六二通りの子育て

内山登紀大

「発達障害をもつ子どもの子育て体験記」に応募をしていただいた方に御礼申し上げます。三六〇余人もの多くの方にご応募をいただきました。皆様の体験記は、それぞれにいろいろな思いが込められており、作品を選考するのは大変な作業でした。受賞された方々の手記が素晴らしいのはもちろんですが、賞を受けられなかった方々の手記も、それぞれ煌めきをはなっていました。読者の方々に参考になり、勇気や知恵の源になることを基準に選ばせていただきました。

さまざまな手記がありました。日本の各地で発達障害の子どもをおもちのご両親や祖父母の方が、子育てに努力されている姿が伝わってきました。良い専門家に出会えて救われた方、専門家の心ない言葉で深く傷つかれた方。地域で支援を受けられた方、地域にはなんの支援体制もなく家族だけで頑張られた方。おとなしすぎて心配なお子さん、片時もじっとしていなくて、いつも子どもを追いかけねばならないほど多動なお子さん。発達障害の子どもと親御さんのあり方は，本当にさまざまです。

さて、たくさんの手記を読ませていただいて痛感したのは発達障害に対する理解がまだまだ不十分であることです。手記を書かれた多くのお母さんやお父さんが、発達障害に対する世間の無理解に、時には教師や保育士、さらには臨床心理士や医師など専門職の無理解に苦悩する様子が伺えました。また残念なことですが、手記を書かれたご家族の方でさえ発達障害の原因や支援方法に対して誤解している方もいました。おそらく、時代遅れの知識しかもたない専門家や誤ったネット情報が原因なのでしょう。そこで、この場で発達障害について基本的な事柄を確認しておきたいと思います。

発達障害の厳密な定義は専門家によって異なるのですが、専門家の間のコンセンサスは以下のようです。①生まれつきの脳の機能障害が原因であること、②障害の特徴が発達期に明らかになること、③基本的な障害特性が生涯続くことが多いことなどによって定義されます。二〇一二年に文部科学省によって全国各地で行われた大規模な調査では、発達障害の疑いのある児童生徒の割合が六・五％と推測されました。障害名としては自閉症スペクトラム障害（広汎性発達障害）、注意欠陥多動性障害、学習障害の三障害を総称して発達障害と呼ぶことが多いのですが、精神遅滞も含めることもあります。

自閉症スペクトラムの特徴は社会的交流やコミュニケーションの発達に偏りがあること、こだわりや興味の狭さ、聴覚や視覚、触覚などの過敏さや鈍感さがあることで定義されます。知的な遅れを伴うことも、伴わないこともあります。

注意欠陥／多動性障害（Attention Deficit Hyperactivity Disorder，以下ＡＤＨＤと略す）は不注意、多動、衝動性の三領域の行動特性によって定義される発達障害です。これらの特性は児童期においてはごく一般的にみられる特性ですが、ＡＤＨＤの場合は多動や不注意の程度が強いことや、一時的ではなく長期間続くことなどが特徴です。

学習障害は①読むこと、②文章を理解すること、③書くこと（文法や句読点の間違い、段落わけができない、考えを文章で明確に表現できないなど）、④計算などの苦手さがあることなどが特徴です。

これらの発達障害の原因は、脳機能の発達の偏りなのですが、そのことが十分に理解されていません。いただいた手記のなかには「しつけが悪いと言われた」「親の愛情不足だと専門家に注意された」と周囲の人や専門家から言われて傷ついた体験を述べられていました。

発達障害の子どもたちは発達の偏りがあるために、集団場面では十分に能力が発揮できないことがあります。子どもたちは懸命に努力しているのに、その努力を教師などの大人に認めてもらえないことも多いのです。懸命に努力していても結果がでないと「やる気がない」とか「ふざけている」などのように誤解されやすいのです。子どもに対して「もっと厳しく対応するように」とか「叩いてでもやるべきことはやらせるように」という助言を受けたという手記もありました。

発達障害の子どもにとってもっとも重要な支援は、子どもたちが自分がもっている能力を発揮しやすい環境を設定すること、どのようにすれば困った事態を改善できるのかについて具体的な方法を考案することです。ただ「頑張れ」と励ましたり、叱責するだけでは子どもを追いつめてしまうこともあります。

支援の基本的な考え方については英国自閉症協会が提唱しているSPELLという理念が参考になります。これはStructure（構造）、Positive（肯定的）、Empathy（共感）、Low Arousal（穏やか）、Links（繋がり）の五つの頭文字をつなげたものです。「構造」は少しわかりにくいかもしれませんが、子どもにとってわかりやすい環境設定をすることです。「肯定的」というのは、子どもを否定したり叱るのではなく、良いところを褒めるなど肯定的な接し方をすることです。「共感」は発達障害の子どもが直面している辛さや不安感などに共感的に接すること、「穏やかに」は大声をあげて叱ったりするのではなく、穏やかに接すること、「繋がり」は社会との繋がりを大切にすることです。

手記を読んで、今の日本の発達障害の子どもとその家族は、周囲の人々の無理解のために「子どもにとってわかりにくい環境設定で」、叱責や非難など「否定的」で「穏やかとはいえない対応」をされ、世間からは孤立した状況で、懸命に努力している様子が伺えました。発達障害に関する正しい知識や支援方法を啓発していく必要を強く感じました。

すべての人のQOLを高めるために私たちができること

高山恵子

はじめに

今回、手記の選考委員という大役をお受けすることになり、皆様の深い愛情に裏打ちされたご家族の過去の体験に触れることができ、大変光栄に思います。

以前は保健師、小児科のドクター、保育士、教師などの専門家もその養成機関に学習プログラムがなかったことで、あまり詳しく知られていなかった発達障害。親が子どもの育ちに不安があって、心配があっても「大丈夫です。お母さん、気にし過ぎです。そのうち良くなります」とか「こんな子は見たことがない。親のしつけの悪さ、愛情不足です」といわれて、辛い思いをした方も多いでしょう。障害の程度、種別の差はあれ、親の想いの深さと親支援の重要性を再認識した手記ばかりでした。

過去の解釈と未来は今、あなたが変えられる

特に知的障害がなければ、問題行動に思える多くの行動が、理解できず、支援もできず、

そのまま子どもが大きくなることもあります。そのため発達障害の二次障害のうつや適応障害といった診断が先についたり、支援が得られないまま不登校、引きこもりとなることも多いのが現実です。そのとき、支援や理解者がいない状態で、親はどんなに悲痛な思いになることでしょう。

基本的に人間は不快なこと、ストレスがあると、本能的に逃げるか、攻撃するかの状態となり、そして動けなくなる状態になります。不安や緊張が特に強かったり、感覚過敏があると、嫌な刺激が多いので、ストレスが多く、愛着は育ちにくく、誰も悪くないのに親は子に何が起こっているのかわからず苦しむことになります。

このストレス反応を多くの親御さんがもっと早く知りたかった、と思うかもしれません。しかし、この手記の多くが、過去の辛い体験が特性を理解するきっかけとして貴重な体験だった、人のあたたかさを感じる感謝にあふれた体験だったと体験の解釈をプラスにしていることが、やはり印象的でした。この本が今後、「過去は変わらない、でも過去の解釈と未来は変わる」と親御さんたちのその価値観の転換のいいお手本になることを祈ってやみません。

手記を書くことの意義

主にＡＤＨＤの支援をしているＮＰＯ法人えじそんくらぶでも一九九七年に『おっちょ

こちょいにつけるクスリ――ADHDなど発達障害のある子の本当の支援・家族の想い篇』（ぶどう社）という虐待や心中一歩手前の内容の手記を作成しました。多くの方からあたたかい感想をいただきました。実は当事者（私ですが）とその家族が書いた手記は、時に独りよがりで、視野が狭いと、お叱りや批判がくるのではと覚悟していました。ところが、いただいた感想は、「電車の中で読んでいたら、感動で涙があふれてきて困った」とか「あらためてADHDのある子の親の苦労が身にしみた」など、「この本をつくってよかった」と思えるものばかりでした。

以前は、主に欧米の書籍の翻訳物で、発達障害の情報を入手していました。しかし、実情に合わない内容も多く、やはり「良妻賢母」「集団が重要」という価値観が強い日本には日本独自の家族の悩みがあり、違和感を覚える読者も多いのが現実でした。このミネルヴァ書房の、多くの方の心からのメッセージである手記を集めた本は、今後多くの親御さんの共感を呼び、新米ママを勇気づける子育てのバイブルとなることでしょう。そして、ありのままの思いやメッセージを手記として多くの方に読んでいただき、読者の感想を得ることが、「自己開示をして手記を書く」という大きな一歩を踏み出した方々とその家族を力づけることにもなるでしょう。

そして晴れて、書籍化される手記を書いた方々は、その手記が、だれかを勇気づけ、何かの役に立つとしたら、著者の方々のこれまでの人生に対して「プラスの意味づけ」ができる貴重なきっかけになるでしょう。

著者の方々にとって辛かった自分たちの過去を言語化する作業は、多少の痛みを伴うところもあったことでしょう。でも同時にそれは癒しの作業でもあり、「がんばった自分たち」の確認にもなったと思います。そしてなにより「過去の自分たちの軌跡を客観的に見る」いい機会になったことでしょう。「辛かった過去」と向き合い、書き起こすだけでも貴重な体験です。その意味では残念ながら今回は、選にもれてしまったしまった方々もヒーリングライティングとして書くこと自体に意義があったはずです。

●今後の支援体制に向けて

日本でも、発達障害のある子どもたち、特に知的障害を伴わない人への支援が、本格的に始まりました。しかし、療育手帳がいろいろな意味で取りにくいため、まだ義務教育以降の高校生や大学生、社会人への支援は極端に少なく、モデル事業やトライアル的なものばかりで長期的で十分な支援体制とはいえません。

知的障害のない発達障害は、特に表面的にその障害特性がわかりにくく、本人も家族も友人も「なんでこんな簡単なことができないのか」と思い悩みます。トラブルを回避したり、問題解決をすることが自分一人でできない場合は、やはり何らかのサポートが必要です。そのとき、不十分な日本の福祉的サポートに代わる「ナチュラルサポート」が日本では特に重要なのです。ですが、支援者、特に親に過度の負担がかかるようなサポートは、ナチュラルサポートとはいえません。

診断名が重要なのではなく、特性の理解とその対応法が重要です。「大多数の人と同じでない」ということがイコール「ダメで、価値がない人間」ではありません。苦手なことも認めつつ、誰もが「自分が壊れるまで頑張らない」という選択肢が必要なときがあります。

現在日本では、いろいろな支援をする仕組みを構築していこうとしています。だからこそ、当事者の家族が発言することはとても重要だと思います。障害をもつ子の親、家族だからこそわかる「効果的な支援」を試行錯誤し、言語化し、それを伝えることで誰かの役に立つことになれば素敵なことです。

存在と行動を分けることの重要性

よく「ADHDのあの子」などといわれますが、「発達障害＝その子」なのではなく、まずその子の存在を大切にしたいものです。今回、拝見させていただいた手記からは、そのわが子への熱い思いが強く伝わるものばかりでした。ADHDや自閉症など発達障害はその子そのものではなく、付随しているものなのだと改めて私自身も再認識する機会になりました。

何かができないと親子ともども自己イメージは下がりやすくなります。でもできないことがあってもセルフエスティーム（自尊感情）は高く維持することも可能です。それは、自己承認と他者承認があるときなのです。よく「多動があってもなくてもあなたはあなた、存在と行動を分けましょう」とストレスマネジメント講座でお伝えしていますが、「ありのままのわが子の存在の承認」は、まずこの存在と行動の分離が基本となるのでしょう。

発達障害を苦に、虐待や心中という悲劇が起こらないように、「生まれてきてくれてありがとう」「生んでくれてありがとう」といった、この感覚をお誕生日に親子で確認できるような社会のサポートが何より重要です。手記の中にも「あなたの母親でよかった」という言葉がありましたが、いつ聞いても感動的な言葉です。そう心からいえる親御さんがひとりでも増えるよう、環境を整え、支援者を増やすことが急務といえます。

人生の質を高めましょう

保育、療育、教育、治療の中心は、子どもの直接支援ですが、皆様の手記を読んで、子どものキーパーソンである親の心のケアが非常に重要であり、子どもの直接支援と親の間接支援は車の両輪で、先に進むためには両方重要であると再認識しました。

えじそんくらぶは、主にＡＤＨＤ、発達障害のある子の親や支援者の間接的な支援を設立以来模索してきました。「良妻賢母」という価値観の中でのプレッシャー、謙遜の文化の中で、わが子をほめることの難しさなど、アメリカにはない日本独自の「親のストレス」があります。そのため、海外の親支援プログラムはアレンジが必要なのです。そしてそのアレンジの重要性をこの手記集が再度教えてくれました。

今後もストレスマネジメントやペアレントサポートプログラムなどさらに効果的な内容にしたい、皆様の人生の質（ＱＯＬ）を高めるお手伝いをしたい、特に父親が参加できる支援プログラムを障害種別を越えて提供したいと強い想いが湧いてきました。

その貴重な機会を与えてくださったミネルヴァ書房の方々にも心から感謝いたします（私のＡＤＨＤとＬＤという特性から、担当者の方にも多くのナチュラルサポートをいただき、「手記の選者」というお役目を最後までなんとか、ギブアップせずにできてほっとしております）。

今後も、できないことがあってもすべての子ども、人が自分らしく輝き、自己実現できる日本社会が構築できるように、みんなで力を合わせていきたいものです。

子育ての無限の可能性

明石洋子

手記を読んで

皆様と同じ親である私も、自らの子育て体験を手記にしたり、講演で話したり、本も出版したりしましたが、整理して文字に表わすことは大事ですね。自分の生き様を振り返り、これからの生き方を考える絶好の機会になります。この度、微力ながら選考委員をお引き受けして、皆様の手記を読ませていただきました。昔の自分と重ね合わせて「そう、そう」と共感しながら、涙が出たり、わくわくしたりと、充実感に満たされました。どの方も「あたりまえの人生があたりまえでなくなったとき、見えないものが見えてきて、紆余曲折しながら、障害を受容し、人の温かさに感謝し、さらに自らの経験を人のために生かしたいという、実に意義ある生き方をされている」と、感慨深く読ませていただきました。障害の特性（種類や程度）や置かれている環境の違いはあれ、どの方も親の思いは同じで、優劣はつけがたく、受賞作品の選考には悩みました。今回、選に漏れた方も素晴らしい生き方をされており、まだまだ発達障害に関する理解と支援の啓発は必要な世の中ですので、機会があれば発表されるといいですね。

さて、編集委員の方から、私の「子育ての手記も」と言われ、ここでは皆様の手記の感想やメッセージを織り交ぜながら、四一年の子育て体験のいくつかのエピソードをお話ししましょう。

自閉症の知識も情報もなかった時代――「徹之誕生」

四二年前の一一月、玉のようなまるまる太った男の子、わが家の長男で祖父母の初孫誕生。愛情を一身に受け育児書通りに成長し、利口そうな顔立ちに将来を夢見ていました。ところが二歳過ぎても、言葉が出ない、呼んでも振り向かない、文字や記号やトイレや水に異常な興味を示す（「こだわり」と知る）。三歳になるとそのこだわりも家の中より外に向かい、次男の授乳中等ちょっと目を離したすきに、厳重に鍵をかけたドアも上手にあけて素早く逃げだし、お店や隣近所で物を取り、トイレ探検をして、「お宅はどんなしつけをしているのですか」と叱られ、頭を下げる毎日。注意をしてもまったく言うことをさかず、親としてわが子が何を感じているか理解できずに、悩み焦り悲しむ日々が続きました。……これはわが子徹之の話です。今回、皆様の子育て体験記を拝見して、その幼児期の様子はまさに私の原風景。映画のフィルムの一コマ一コマが映し出されたようで、当時の自分と重なりました。どの体験も辛さや痛みがわかるだけに、今進行形である、皆様のご苦労がひしひしと伝わりました。しかしどの場面においてもめげずに前向きにたくましく頑張っていらっしゃるお姿に、感無量の思いがして、いい経験になるようにと心より応援しています。

自閉症は親の子育てのせい――「誤解だらけの自閉症」

私は長男誕生と同時に、核家族の社宅内に「母親クラブ」を作って、若い母親たちと一緒に日向ぼっこをしたり砂場で遊ばせたり離乳食を作ったり……助け合って子育てをしていました。それゆえに同年齢の子どもたちの様子を見ながら「徹之は他の子と違う」と早い時期に気がつき、保健師さんに家庭訪問をしていただき相談しました（一歳九か月頃）。しかし「個人差があるから気にしないで。神経質にならないように」と注意され、「個人差と男の子であること」を心の支えにしながらも一年以上不安な思いですごしました。当時は自閉症について小児科医や保健師さんたちも知識が乏しかったようです。また父親の協力も難しい時代でした。不安感の中、昭和五一年に『テレビに子守りをさせないで』（岩佐京子著、水曜社）という本を読んで、徹之が自閉症と知りました。この本も同様、当時は自閉症の原因は「親の子育ての失敗」という風潮があり、周りや夫から「母親の子育てが悪い。子どもになめられている」などと非難され、支援のない孤独の中で、子殺しや無理心中する不幸な事件が後をたちませんでした。私の子育ても、辛らつな質問、奇異なまなざしに耐えることからのスタートでした。不幸な事件を起こさないですんだのは、私に子どもの寝顔を見るゆとりがあったからです。そのゆとりをくれた、温かく支援してくれる人が近くにいたおかげと、感謝しています。まずは、親を責めるのではなく、親が子育てをするエネルギーを与える、専門家や支援者であってほしいですね。

今でもまだまだ自閉症の誤解が払拭されていない現実があるのは感じますが、皆様の体験記には、保育園、幼稚園、そして学校でも、加配された保育士や教師、特性を理解した支援者がいて、情報提供や支援があり、前向きに子育てしている例が多くみられ、法律や制度やサービスがこの四〇年間に徐々に整備されているのを、嬉しく思いました。

地域と当事者性を学んで――「障害は不幸ではない！」

「不幸な子をもつ不幸な親」と嘆いた昔、先輩たちが「この子をもって幸せです」と言う言葉に「嘘だ！」と思ったものでしたが、確かに今私は「こんな幸せな親はいないのではないか」と思えるくらい、変化に富んだ幸せな、充実した毎日を送っています。

障害があること自体は本当に不幸ではありません。なぜ障害＝不幸と思ったのでしょう。それは、差別や偏見を受けることで、生きる場が狭まってしまうからと気がついた私は、幸せになる道を見つけようと思いました。同情、差別や偏見は、無知・無関心から起こるなら、とにかく知ってもらうことからスタートです。「地域に共に生きよう」と徹底を隠すことなく地域に飛び出しました。超多動の徹之は自ら地域に飛び出してはいましたが……。

また身体障害の当事者から、「憐れみはいらない。同情を買うような親の行動こそが人権侵害」と言われ、さらに「親は敵」との追い打ち、まさに「目から鱗」の言葉でした。とっさに私は「徹之の敵にはならない。最高の理解者、支援者になる」と決心しました。徹之の幼児期に「当事者性」を教えられたことを感謝しています。

ゆえに小学二年で佐賀へ転校した初めてのクラス懇談会の席上、「クラスの邪魔」と役員さんから言われたとき、悲しくて教室から飛び出そうと思いましたが、そうすれば「不幸な子をもつ不幸な親」と同情されても理解していただけません。「自分が辛いから、みじめだからとその場から逃げるのはやめる」と心に決めていたので、勇気を振り絞って立ちあがり、徹之をクラスの一員として認めてほしいと頼みました。ポジティブに考えれば私は説明する機会をいただけたのです。おかげで、クラスの親の理解と共感のもと、柔らかい感性の子どもたちから多くの支援を受け、徹之は楽しい小学生生活を送り、「明るいひょうきんな」性格の基礎が学齢期にかたちづくられました。徹之と触れ合ったクラスメイトたちは「違いを認め、違いを楽しむ」人に成長し、なかには現在教師として、発達障害の子がいてもクラス崩壊どころか、楽しいクラス運営をされている方もいらっしゃいます。

生きる場を広げようと運動し、法律が今は「施設から地域」へ転換

もう一つの不幸と思えた「生きる場が狭められている」ことに関しては、「入所施設以外の選択肢を広げよう」と地域システムの構築を模索しました。「ほしいサービスがないなら、自らつくるしかない」と決心し、一九八九年八百屋を業とする「就労の拠点」としての地域作業所からスタートし、無認可からNPO法人そして社会福祉法人となって、社会的ネットワークを結びながら、現在一四の事業を行う「社会福祉法人あおぞら共生会」を運営しています。

「幸せの青い鳥は施設にいる」という施設設立運動の盛んな当時、「青い鳥は地域の中にいる。生きるすべは地域の中でこそ学べる」と考え運動しました。「明石流の変わった子育て」と非難めいて言われた私の生き方が、今は法律で保障されています。

「障害者が地域で暮らせる社会に」、さらに「基本的人権を享受する個人としての尊厳」を明記した「障害者総合支援法」が平成二五年四月に成立し現在に至っています。そして「保護の客体（専門家主導）から権利の主体（本人中心）へ」が理念とされる「障害者権利条約」も批准されました。特定の場所で暮らすことを強要されないで、「自分で選んだ場所で、自分が選んだ人と暮らす」（権利条約第十九条）が当たり前になります。三〇数年前から「地域と本人主体」をモットーに地域資源の開拓、特に「人」という地域資源のネットワークの構築をしてきた夢が叶いました。本人の「自己決定を尊重する」が基本です。

徹之の自己決定には、楽しい体験を通じて概念形成させ、意味がわかるように工夫した「選択肢」を提示することで、彼の意志を確認し、生きる力を育んできました。その結果、「医学モデル」（本人の障害に視点をあわせること）ではまったく不可能な「高校・公務員」の道を彼は選びました。本人の自己決定を尊重して、「前例がないなら前例になるしかない」と支援の輪を広げ（環境を整備する「社会モデル」を実践）、彼は高校生にも公務員にもなれました。自己決定した自ら選んだ進路に向かって、一生懸命努力するけなげな姿に、共感し支援してくださった方々に心より感謝しています。

また現在厚生労働省から、自閉症等発達障害の人への支援、特に「行動障害を有する者への支援について」のアセスメントから支援のプロセスが出されていますが、問題行動は「本人が困っている」表れ、本人の強み（ストレングス）に視点を置き、本人の特性を把握することとなっています。問題行動を本人の問題とみるのではなく、環境の整備をしようと変わりました。三〇数年前、徹之の問題行動に困惑した私が、逆転の発想を（問題行動をプラス思考に）していったプロセスそのものです。

私は彼の問題行動が治せない！——「逆転の発想で、肯定的にかかわる」

私は、幼児期の徹之との付き合いの中で、マイナス思考をすれば無理心中しか道はないので、何事もポジティブに考え、肯定的にかかわることにしたのです。

①「パニック」は彼の問題より、彼の意志に反したかかわりをしている私の問題。「そうじゃない」と体で伝えている彼の意思の表れ。思いを育てるチャンス。

②「こだわり」は不安感解消のパターン行動よりむしろ知恵がフル回転している証拠。利用しない手はない。

③「超多動」も好奇心の表れ、興味が見つかる。さらに「いたずら」も隣人との関係作り……と当時の自閉症の療育や教育とはまったく逆の発想をせざるをえなかったのです。

当時の「こだわりは取り除きなさい」の指導に対して私は彼のトイレや水が好きという「こだわり」は取り除けませんでした。家から飛び出すたびに、近隣のトイレに直行。叱られない方法は「好きこそものの上手なれ」を利用するしかないと考え、トイレ掃除に結び付けました。(「こだわりを利用して、職業につなげました」と一五年前(一九九九年)にNHKのドキュメント番組でお話しして以来「こだわりは利用する」に変わったようですね)。また、幼児期にお店に入って「こだわっているもの」を取ったので、「お金とものの交換」を教えることができました。買い物をすることで、不変の記号としてこだわった数字だったのが意味をもつ数として概念が形成され、貨幣の価値や金銭感覚を養うことができました。次に物を取る代わりにお金を取るようになったときは、地域の方々には「お金の管理をよろしく」とお願いし、彼には「お金は取るものでなく、汗水流して働いて得るもの」と、トイレ掃除やふろ掃除等の家事手伝いに対してお金を渡すようにしました。それが結果として、労働意欲を引き出すことにもなり、今では職業になっています。「黄ばんだ陶器が白い陶器に変身した」とは彼の上司の言葉、徹之の仕事ぶりを褒めてくれました。ところで、仕事が「できる」ためには、わかるように教える必要があります。これには周りの知恵と工夫が必要です。

実は幼児期に、「話せれば普通児になるのでは」と言葉の特訓を始めましたが「できないことをできるようにしなければ幸せにならない」と勘違いしていたのです。しかし「できないことや興味のないこと」への訓練は問題行動を激化させるだけでいつも徒労に終わりました。「できることや興味のあること」に視点を置くと、「こだわり」しかありませんでした。パニックを起こさないように心がけると言葉がけも自然と肯定的になっていました。

これは徹之が高校に入ったとき（一五歳、一七年前）に定時制高校の先生が「明石さんは肯定的な生き方をしていますね」といわれ気づいたことです。子ども時代から、否定的な言葉がけをすると混乱して固まりパニックを起こすので、肯定的に具体的にやるべきことを視覚的な手がかりを工夫して伝える必要があったのです。否定的で抽象的な言葉だけの指示には今でも混乱します。言葉だけでの指示は記憶に残らず「何度言ってもわからない奴。なめられている」と勘違いされてしまいます。視覚的手がかりの提示が必要です（これらが徹之への「合理的配慮」です）。差別解消法（平成二五年六月成立、二八年四月施行）では、差別的な取扱いのほかに、社会的障壁の除去などを目的とした「合理的な配慮」の不提供も差別と定義しています。「合理的配慮」とは、障害者が日常生活や社会生活において受ける制限をもたらす原因となる社会的な障壁を取り除くため、個別の状況において講じられるべき措置を言います。社会が合理的配慮を理解して支援してくれれば「生きにくさ」も解消されるでしょう。表明されづらい本人の思いをどのように深く理解していくか、家族や支援者が自閉症等発達障害の特性を理解することが不可欠となり、さらに市民へ啓発が必要となるでしょう。

徹之の場合、本人がわかる方法で情報提供を工夫していろいろなことができるようになりました。できると「できたね。すごいね。ありがとう」といった褒め言葉になり、肯定的な言葉をかけられることで自信がもて、難しいことにもチャレンジしたようです。大事なことは、「失敗しても支えてもらえる」という信頼関係を培うことでしょう。おかげで、高校や公務員といった前例のないことでも彼はチャレンジできました。

問題行動も趣味への無限の可能性

私は、わが子の問題行動をストレングスにかえるには、具体的にどう支援（アプローチ）していくか、どのような合理的配慮が必要か、想像力を働かせて彼の特性を知り、当時情報のない中で、試行錯誤の末支援方法を工夫し、支援者や隣人に伝えていきました。また

「一〇〇（普通児）でなくてもいい、五〇（障害児）でもいい、人としての尊厳がある」と障害をありのまま認めて、子育てを楽しもうと価値観を変えました。今思うと「他と違う」のはむしろ付加価値で、他と違っているからこそ「前例のないこと」に挑戦できたようです。金太郎飴みたいに、皆同じでは売り込めませんもの。他と違う子育てを楽しみましょう。

徹之は道の真ん中でも電車の中でも地下街の広場でも、パフォーマンスをしては、通行人から「あいつバカか？」と後ろ指をさされていました。私は、小学校時代のクラスメイトから言われていた「徹ちゃん、面白いじゃん！」と同様、市民の視線がプラスに変わらないだろうかと考えました。ある日「出でよ！　大道芸人」の新聞記事。「これだ！」と思い、多摩市民館で開催された「パントマイム教室」に徹之と一緒に通ったのです。パントマイムやバルーン（風船で動物など作る）のスキルをもった「ピエロテッシー」の誕生です。すぐに山梨から舞台の「こけら落とし」に徹之が呼ばれました。また私が勤務していた会社の組合主催のフェスティバル（横浜）にも、徹之はピエロテッシーで出演しました。会社はあおぞら共生会設立時から、備品の寄付やバザーの献品提供など支援してくださいましたが、私は「イベントに招待されるより、企画から参画したい。物をいただく以上に社会参加の場を与えてほしい」と頼み、あおぞら共生会を共催にしていただきました。利用者さんたちは日ごろの作業で得意とするビーズ作りやステンシル等を、フェスティバルに来た子どもたちに親切に教えていました。徹之はピエロ姿で会場を周り、動物のバルーンを作っては子どもたちにプレゼント。また舞台ではパントマイムショーをしたり、組合の方々と「世界で一つだけの花」などを歌ったりして、皆と楽しんでいました。

そして今、徹之は「手話」を習っています。家では自由な独り言も社会に出たら禁止。その代わりとなった宙文字（空に文字を書く）も禁止。「宙文字書きません。宙文字書きません」と連呼するこだわりが出たので、堂々と描ける（コミュニケーションとして使える）「手話」にかえようと考えました。今、私と一緒に、習っています。特に、「おはようございます。ありがとうございます。初めまして。わかりません、もう一度よろしくお願いします」などの挨拶や「二四五七九五円」などの数字を指であらわすのに、すっかりはまっております。自分の自己紹介も手話でできます。そのうち歌なども手話で歌えるといいですね。

あとがき

徹之は重度（一二歳まで療育手帳はA）の知的障害があり、「典型的な自閉症」と言われていました。将来わが子が働くことなどありえない、働かせるなんてかわいそう、どこかでのんびりと暮せる場を作ってあげようと思っていました。その彼が川崎市職員として、もう二一年働いています。毎朝「おはようございます。明石徹之、今日もお仕事がんばります」と近所の人に挨拶しながら元気に出勤していく後ろ姿に、私は幸せを感じております。スケジュールと手順書を味方に手を抜くことなく働き、ヘルパーさんの支援を受けながら夕食作り等をして、主体的に自分らしく「働いて楽しむ」人生を今も送っています。

逃げ足は早いのに、かけっこはびり。「意思が働いているときのみ、徹之は素晴らしい力を発揮する」と幼児期に気がつき、意思がどこにあるかを探ることを子育ての基本に据えました。追いつけないほど全力で疾走するのと同様、自分の意思が働くときは、自分の能力を最大限使って（潜在能力も開花させて）一生懸命努力をしている彼が、今もいます。

徹之を見ていると、問題行動やこだわりも、「才能を奥に秘めている、可能性は無限にある」と思えます。子どもの可能性を信じて楽しく子育てしていきましょう。また地域に飛び出すことで何がバリアかわかります。出会い、ふれあい、共に生きることが、真の意識（心）のバリアを解消することになるでしょう。読者の皆様一緒に、「隣で暮らしてもあたりまえ、隣で働いてもあたりまえ」となる真のノーマライゼーションが実現できるよう共に楽しく頑張りましょう。応援しています。

資料編

発達障害のことを理解するために

発達障害とはどのような障害なのでしょうか？　ここでは発達障害のことを理解するために知っておきたいことを確認していきます。発達障害については、厚生労働省や文部科学省で以下のように説明がなされています。

・発達障害ってどんな障害？

発達障害者支援法において、「発達障害」は「自閉症、アスペルガー症候群その他の広汎性発達障害、学習障害、注意欠陥多動性障害その他これに類する脳機能障害であってその症状が通常低年齢において発現するもの」と定義されています。

・発達障害者支援法ができるまで

「発達障害」は、身近にあるけれども、社会の中で十分に知られていない障害でした。また、「発達障害」のある人は、特性に応じた支援を受けることができれば十分に力を発揮できる可能性がありますが、従来はその支援体制が十分ではありませんでした。

このような背景を踏まえ、発達障害について社会全体で理解して支援を行っていくために、平成一七年四月から「発達障害者支援法」が施行されています。

▼参考　厚生労働省ホームページ
http://www.mhlw.go.jp/seisaku/17.html

・主な発達障害の定義について

自閉症の定義〈Autistic Disorder〉[1]

自閉症とは、三歳位までに現れ、他人との社会的関係の形成の困難さ、言葉の発達の遅れ、興味や関心が狭く特定のものにこだわることを特徴とする行動の障害であり、中枢神経系に何らかの要因による機能不全があると推定されています。

高機能自閉症の定義〈High-Functioning Autism〉[2]

高機能自閉症とは、三歳位までに現れ、他人との社会的関係の形成の困難さ、言葉の発達の遅れ、興味や関心が狭く特定のものにこだわることを特徴とする行動の障害である自閉症のうち、知的発達の遅れを伴わないものをいいます。
また、中枢神経系に何らかの要因による機能不全があると推定されます。

●学習障害（LD）の定義〈Learning Disabilities〉(3)

学習障害とは、基本的には全般的な知的発達に遅れはないが、聞く、話す、読む、書く、計算する又は推論する能力のうち特定のものの習得と使用に著しい困難を示す様々な状態を指すものです。

学習障害は、その原因として、中枢神経系に何らかの機能障害があると推定されるが、視覚障害、聴覚障害、知的障害、情緒障害などの障害や、環境的な要因が直接の原因となるものではありません。

●注意欠陥／多動性障害（ADHD）の定義〈Attention-Deficit/Hyperactivity Disorder〉(4)

ＡＤＨＤとは、年齢あるいは発達に不釣り合いな注意力、及び／又は衝動性、多動性を特徴とする行動の障害で、社会的な活動や学業の機能に支障をきたすものです。
また、七歳以前に現れ、その状態が継続し、中枢神経系に何らかの要因による機能不全があると推定されます。

注

（1）平成一五年三月の「今後の特別支援教育の在り方について（最終報告）」参考資料より作成
（2）平成一五年三月の「今後の特別支援教育の在り方について（最終報告）」参考資料より抜粋
（3）平成一一年七月の「学習障害児に対する指導について（報告）」より抜粋
（4）平成一五年三月の「今後の特別支援教育の在り方について（最終報告）」参考資料より抜粋

▼参考　文部科学省ホームページ
http://www.mext.go.jp/a_menu/shotou/tokubetu/004/008/001.htm

相談機関やサービス

発達障害についての相談機関やサービスにはどのようなものがあるのでしょうか？　まず、「発達障害について相談したい」という困ったときの窓口として発達障害者支援センターという機関があります。簡単な説明とセンターの一覧を掲載したあと、内閣府共生社会政策で紹介されているその他の相談機関を一部抜粋してご紹介します。

▼参考　内閣府共生社会政策ホームページ
http://www8.cao.go.jp/shougai/soudan/index-sd.html

●発達障害者支援センターとは

発達障害者支援センターは、発達障害児（者）への支援を総合的に行うことを目的とした専門的機関です。都道府県・指定都市自ら、または、都道府県知事等が指定した社会福祉法人、特定非営利活動法人等が運営しています。

発達障害児（者）とその家族が豊かな地域生活を送れるように、保健、医療、福祉、教育、労働などの関係機関と連携し、地域における総合的な支援ネットワークを構築しながら、発達障害児（者）とその家族からのさまざまな相談に応じ、指導と助言を行っています。

ただし、人口規模、面積、交通アクセス、既存の地域資源の有無や自治体内の発達障害者支援体制の整備状況などによって、各センターの事業内容には地域性があります。詳しい事業内容については、お住まいになっている地域の発達障害者支援センターに問い合わせてください。

▼発達障害情報・支援センター　国立障害者リハビリテーションセンター
http://www.rehab.go.jp/ddis/相談窓口の情報/発達障害者支援センターとは

発達障害者支援センター一覧

都道府県	名称	電話番号	所在地
	北海道発達障害者支援センター「あおいそら」	〇一三八-四六-〇八五一	〒〇四一-〇八〇二 北海道函館市石川町九〇-七　二階

北海道	北海道発達障害者支援道東地域センター「きら星」	〇一五五-三八-八七五一	〒〇八〇-二四七五 北海道帯広市西二五条南四-九
	北海道発達障害者支援道北地域センター「きたのまち」	〇一六六-三八-一〇〇一	〒〇七八-八三二九 北海道旭川市宮前通東四一五五-三〇 旭川市障害者福祉センター「おぴった」内
	札幌市自閉症・発達障がい支援センター「おがる」	〇一一-七九〇-一六一六	〒〇〇七-〇〇三二 北海道札幌市東区東雁来一二条四-一-五
青森県	青森県発達障害者支援センター「ステップ」	〇一七-七七七-八二〇一	〒〇三〇-〇八二二 青森県青森市中央三-二〇-三〇　県民福祉プラザ三階
岩手県	岩手県発達障がい者支援センター「ウィズ」	〇一九-六〇一-二一一五	〒〇二〇-〇四〇一 岩手県盛岡市手代森六-一〇-六 岩手県立療育センター相談支援部内
宮城県	宮城県発達障害者支援センター「えくぼ」	〇二二-三七六-五三〇六	〒九八一-三二一三 宮城県仙台市泉区南中山五-二-一
	仙台市北部発達相談支援センター「北部アーチル」	〇二二-三七五-〇一一〇	〒九八一-三一三三 宮城県仙台市泉区泉中央二-二四-一
	仙台市南部発達相談支援センター「南部アーチル」	〇二二-二四七-三八〇一	〒九八二-〇〇一二 宮城県仙台市太白区長町南三-一-三〇
秋田県	秋田県発達障害者支援センター「ふきのとう秋田」	〇一八-八二六-八〇三〇	〒〇一〇-一四〇七 秋田県秋田市上北手百崎字諏訪ノ沢三-一二八 秋田県立医療療育センター内

山形県	山形県発達障がい者支援センター	〇二三-六七三-三三一四	〒九九九-三一四五 山形県上山市河崎三-七-一 山形県立総合療育訓練センター内
福島県	福島県発達障がい者支援センター	〇二四-九五一-〇三五二	〒九六三-八〇四一 福島県郡山市富田町字上ノ台四-一 福島県総合療育センター南棟二階
茨城県	茨城県発達障害者支援センター	〇二九-二一九-一二二二	〒三一一-三一五七 茨城県東茨城郡茨城町小幡北山二七六六-三六 社会福祉法人梅の里内
栃木県	栃木県発達障害者支援センター「ふぉーゆう」	〇二八-六二三-六一一一	〒三二〇-八五〇三 栃木県宇都宮市駒生町三三三七-一 とちぎリハビリテーションセンター内
群馬県	群馬県発達障害者支援センター	〇二七-二五四-五三八〇	〒三七一-〇八四三 群馬県前橋市新前橋町一三-一二 群馬県社会福祉総合センター七階
埼玉県	埼玉県発達障害者支援センター「まほろば」	〇四九-二三九-三五五三	〒三五〇-〇八一三 埼玉県川越市平塚新田東河原二〇一-二
	さいたま市発達障害者支援センター	〇四八-八五九-七四二二	〒三三八-〇〇一三 埼玉県さいたま市中央区鈴谷七-五-七 さいたま市障害者総合支援センター内一階
	千葉県発達障害者支援センター「ＣＡＳ（きゃす）」	〇四三-二二七-八五五七	〒二六〇-〇八五六 千葉県千葉市中央区亥鼻二-九-三

千葉県	千葉県発達障害者支援センター「CAS（きゃす）東葛飾」	〇四-七一六五-二五一五	〒二七〇-一一五一 千葉県我孫子市本町三-一-二　けやきプラザ四階
	千葉市発達障害者支援センター	〇四三-三〇三-六〇八八	〒二六一-〇〇〇三 千葉県千葉市美浜区高浜四-八-三 千葉市療育センター内
東京都	東京都発達障害者支援センター「TOSCA（トスカ）」	〇三-三四二六-二三一八	〒一五六-〇〇五五 東京都世田谷区船橋一-三〇-九
神奈川県	神奈川県発達障害支援センター「かながわA（エース）」	〇四六五-八一-三七一七	〒二五九-〇一五七 神奈川県足柄上郡中井町境二一八 中井やまゆり園内
	横浜市発達障害者支援センター	〇四五-二九〇-八四四八	〒二二一-〇八三五 神奈川県横浜市神奈川区鶴屋町三-三五-八 タクエー横浜西口第二ビル七階
	川崎市発達相談支援センター	〇四四-二二三-三三〇四	〒二一〇-〇〇〇六 神奈川県川崎市川崎区砂子一-七-五 タカシゲビル三階
	相模原市発達障害支援センター	〇四二-七五六-八四一〇	〒二五二-〇二二六 神奈川県相模原市中央区陽光台三-一九-二 相模原市立療育センター陽光園内
山梨県	山梨県立こころの発達総合支援センター	〇五五-二五四-八六三一	〒四〇〇-〇〇〇五 山梨県甲府市北新一-二-一二　山梨県福祉プラザ四階

長野県	長野県発達障害者支援センター	〇二六-二二七-一八一〇	〒三八〇-〇九二八 長野県長野市若里七-一-七　長野県社会福祉総合センター二階　長野県精神保健福祉センター内
岐阜県	岐阜県発達障がい支援センター「のぞみ」	〇五八-二三三-七一二一	〒五〇二-〇八五四 岐阜県岐阜市鷺山向井二五六三-五七 岐阜県立希望が丘学園内
	伊自良苑発達障害者支援センター	〇五八一-三六-二一七五	〒五〇一-二一二二 岐阜県山県市藤倉八四
静岡県	静岡県発達障害者支援センター「あいら」	〇五四-二八六-九〇三八	〒四二二-八〇三一 静岡県静岡市駿河区有明町二-二〇 静岡総合庁舎別館三階
	静岡市発達障害者支援センター「きらり」	〇五四-二八五-一一二四	〒四二二-八〇〇六 静岡県静岡市駿河区曲金五-三-三〇 静岡医療福祉センター四階
	浜松市発達相談支援センター「ルピロ」	〇五三-四五九-二七二一	〒四三〇-〇九三三 浜松市中区鍛冶町一〇〇-一 ザザシティ浜松　中央館五階
愛知県	あいち発達障害者支援センター	〇五六八-八八-〇八一一 （内二二二二）	〒四八〇-〇三九二 愛知県春日井市神屋町七一三-八 愛知県心身障害者コロニー運用部療育支援課
	名古屋市発達障害者支援センター「りんくす名古屋」	〇五二-七五七-六一四〇	〒四六六-〇八五八 愛知県名古屋市昭和区折戸町四-一六 児童福祉センター内

三重県	三重県自閉症・発達障害支援センター「あさけ」	〇五九-三九四-三四一二	〒五一〇-一三二六 三重県三重郡菰野町杉谷一五七三
	三重県自閉症・発達障害支援センター「れんげ」	〇五九八-八六-三九一一	〒五一九-二七〇三 三重県度会郡大紀町滝原一一九五-一
新潟県	新潟県発達障がい者支援センター「RISE（ライズ）」	〇二五-二六六-七〇三三	〒九五一-八一二一 新潟県新潟市中央区水道町一-五九三二 新潟県はまぐみ小児療育センター二階
	新潟市発達障がい支援センター「JOIN（ジョイン）」	〇二五-二三四-五三四〇	〒九五一-八一二一 新潟県新潟市中央区水道町一-五九三二-六二一
富山県	富山県発達障害者支援センター「あおぞら」	〇七六-四三八-八四一五	〒九三一-八四四三 富山県富山市下飯野三六 富山県高志通園センター内
	富山県発達障害者支援センター「ありそ」	〇七六-四三六-七二五五	〒九三〇-〇一四三 富山県富山市西金屋字高山六六八二
石川県	石川県発達障害支援センター	〇七六-二三八-五五五七	〒九二〇-八二〇一 石川県金沢市鞍月東二-六 石川県こころの健康センター内
	発達障害者支援センター「パース」	〇七六-二五七-一九一八	〒九二〇-三一二三 石川県金沢市福久東一-五六 オフィスオーセド二階
福井県	福井県発達障害児者支援センター「スクラム福井」嶺南（敦賀）	〇七七〇-二一-二三四六	〒九一四-〇一四四 福井県敦賀市桜ケ丘町八-六 野坂の郷内
	福井県発達障害児者支援センター「スクラム福井」福井	〇七七六-二二-〇三七〇	〒九一〇-〇〇二六 福井県福井市光陽二-三-三六 福井県総合福祉相談所内

	福井県発達障害児者支援センター「スクラム福井」奥越（大野）	〇七七九-六六-一一三三	〒九一二-〇〇六一 福井県大野市篠座七九-五三　希望園内
滋賀県	滋賀県発達障害者支援センター「南部センター」	〇七七-五六一-二五二三	〒五二五-〇〇七二 滋賀県草津市笹山八丁目五-一三〇　むれやま荘内
	滋賀県発達障害者支援センター「北部センター」	〇七四九-五二-三九七四	〒五二一-〇〇一六 滋賀県米原市下多良二-四七　平和堂米原店三階
京都府	京都府発達障害者支援センター「はばたき」	〇七五-六四四-六五六五	〒六一二-八四一六 京都府京都市伏見区竹田流池町一二〇 京都府立精神保健福祉総合センター内
	京都市発達障害者支援センター「かがやき」	〇七五-八四一-〇三七五	〒六〇二-八一四四 京都府京都市上京区丸太町通黒門東入藁屋町五三六-一
大阪府	大阪府発達障がい者支援センター「アクトおおさか」	〇六-六一〇〇-三〇〇三	〒五三二-〇〇二三 大阪府大阪市淀川区十三東一-一-六
	大阪市発達障害者支援センター「エルムおおさか」	〇六-六七九七-六九三一	〒五四七-〇〇二六 大阪府大阪市平野区喜連西六-二-五五　大阪市立心身障がい者リハビリテーションセンター二階
	堺市発達障害者支援センター「アプリコット堺」	〇七二-二七五-八五〇六	〒五九〇-〇八〇八 大阪府堺市堺区旭ケ丘中町四丁三-一 堺市立健康福祉プラザ三階
	ひょうご発達障害者支援センター「クローバー」	〇七九-二五四-三六〇一	〒六七一-〇一二二 兵庫県高砂市北浜町北脇五一九

兵庫県	加西ブランチ	○七九○-四八-四五六一	〒六七五-二三四二 兵庫県加西市尾崎町四四一-一 地域生活支援事務所 はんど内
	芦屋ブランチ	○七九七-二二-五○二五	〒六五九-○○一五 兵庫県芦屋市楠町一六-五
	豊岡ブランチ	○七九六-三七-八○○六	〒六六八-○○六五 兵庫県豊岡市戸牧一○二九-一一 北但広域療育センター 風内
	宝塚ブランチ	○七九七-七一-四三○○	〒六六五-○○三五 兵庫県宝塚市逆瀬川一-二-一 アピア1 四階
	上郡ブランチ	○七九一-五六-六三八○	〒六七八-一二六二 兵庫県赤穂郡上郡町岩木甲七○一-四二 地域障害者多目的作業所 フレンズ内
	神戸市発達障害者支援センター	○七八-三八二-二七六○	〒六五○-○○四四 兵庫県神戸市中央区東川崎町一-三-一
奈良県	奈良県発達障害支援センター「でぃあ～」	○七四二-六二-七七四六	〒六三○-八四二四 奈良県奈良市古市町一-二 奈良仔鹿園内
和歌山県	和歌山県発達障害者支援センター「ポラリス」	○七三-四一三-三二○○	〒六四一-○○四四 和歌山県和歌山市今福三-五-四一 愛徳医療福祉センター内
鳥取県	『エール』鳥取県発達障がい者支援センター	○八五八-二二-七二○八	〒六八二-○八五四 鳥取県倉吉市みどり町三五六四-一 鳥取県立皆成学園内

島根県	島根県東部発達障害者支援センター「ウィッシュ」	〇五〇-三三八七-八六九九	〒六九九-〇八二二 島根県出雲市神西沖町二五三四-二
	島根県西部発達障害者支援センター「ウィンド」	〇八五五-二八-〇二〇八	〒六九七-〇〇〇五 島根県浜田市上府町イ二五八九 「こくぶ学園」内
岡山県	おかやま発達障害者支援センター	〇八六-二七五-九二七七	〒七〇三-八五五五 岡山県岡山市北区祇園八六六
	おかやま発達障害者支援センター県北支所	〇八六八-二二-一七一七	〒七〇八-八五一〇 岡山県津山市田町三一 津山教育事務所内
	岡山市発達障害者支援センター	〇八六-二三六-〇〇五一	〒七〇〇-〇九〇五 岡山県岡山市北区春日町五-六 岡山市勤労者福祉センター一階
広島県	広島県発達障害者支援センター	〇八二-四九〇-三四五五	〒七三九-〇〇〇一 広島県東広島市西条町西条四一四-三一 サポートオフィスQUEST内
	広島市発達障害者支援センター	〇八二-五六八-七三二八	〒七三二-〇〇五二 広島県広島市東区光町二-一五-五五 広島市児童総合相談センター内
山口県	山口県発達障害者支援センター「まっぷ」	〇八三-九二九-五〇一二	〒七五三-〇三〇二 山口県山口市仁保中郷五〇
徳島県	徳島県発達障がい者総合支援センター「ハナミズキ」	〇八八五-三四-九〇〇一	〒七七三-〇〇一五 徳島県小松島市中田町新開二-二

香川県	香川県発達障害者支援センター「アルプスかがわ」	〇八七‐八六六‐六〇〇一	〒七六一‐八〇五七 香川県高松市田村町一一一四 かがわ総合リハビリテーションセンター内
愛媛県	愛媛県発達障害者支援センター「あい・ゆう」	〇八九‐九五五‐五五三二	〒七九一‐〇二一二 愛媛県東温市田窪二一三五 愛媛県立子ども療育センター一階
高知県	高知県立療育福祉センター発達支援部	〇八八‐八四四‐一二四七	〒七八〇‐八〇八一 高知県高知市若草町一〇‐五
福岡県	福岡県発達障害者支援センター「ゆう・もあ」	〇九四七‐四六‐九五〇五	〒八二五‐〇〇〇四 福岡県田川市夏吉四二〇五‐七
	福岡県発達障害者支援センター「あおぞら」	〇九四二‐五二‐三四五五	〒八三四‐〇一二二 福岡県八女郡広川町一条一三六一‐二
	北九州市発達障害者支援センター「つばさ」	〇九三‐九二二‐五五二三	〒八〇二‐〇八〇三 福岡県北九州市小倉南区春ヶ丘一〇‐二 北九州市立総合療育センター内
	福岡市発達障がい者支援センター「ゆうゆうセンター」	〇九二‐八四五‐〇〇四〇	〒八一〇‐〇〇六五 福岡県福岡市中央区地行浜二‐一‐六 福岡市発達教育センター内
佐賀県	佐賀県発達障害者支援センター「結」	〇九四二‐八一‐五七二八	〒八四一‐〇〇七三 佐賀県鳥栖市江島町字西谷三三〇〇‐一
長崎県	長崎県発達障害者支援センター「しおさい（潮彩）」	〇九五七‐二二‐一八〇二	〒八五四‐〇〇七 長崎県諫早市永昌東町二四‐三 長崎県こども医療福祉センター内

熊本県	熊本県発達障害者支援センター「わっふる」	〇九六-二九三-八一八九	〒八六九-一二一七 熊本県菊池郡大津町室二一三-六 さくらビル二階
	熊本市発達障がい者支援センター「みなわ」	〇九六-三六六-一九一九	〒八六二-〇九七一 熊本県熊本市中央区大江五丁目一番一号 ウェルパルくまもと二階
大分県	大分県発達障がい者支援センター「イコール」	〇九七-五八六-八〇八〇	〒八七九-七三〇二 大分県豊後大野市犬飼町久原一八六三-八
宮崎県	宮崎県中央発達障害者支援センター	〇九八五-八五-七六六〇	〒八八九-一六〇一 宮崎県宮崎郡清武町木原四二五七-七 ひまわり学園内
	宮崎県延岡発達障害者支援センター	〇九八二-二三-八五六〇	〒八八九-〇五一四 宮崎県延岡市櫛津町三四二七-四 ひかり学園内
	宮崎県都城発達障害者支援センター	〇九八六-二二-二六三三	〒八八五-〇〇九四 宮崎県都城市都原町七一七一 高千穂学園内
鹿児島県	鹿児島県発達障害者支援センター	〇九九-二六四-三七二〇	〒八九一-〇一七五 鹿児島県鹿児島市桜ヶ丘六-一二 鹿児島県こども総合療育センター内
沖縄県	沖縄県発達障害者支援センター「がじゅま～る」	〇九八-九八二-二一一三	〒九〇四-二一七三 沖縄県沖縄市比屋根五-二-一七 沖縄小児発達センター内

障害のある子どもに関する相談がしたい

・相談窓口

①児童相談所（平成二五年四月現在で全国二〇七か所）

> ▼全国児童相談所一覧（厚生労働省ホームページ）
> http://www.mhlw.go.jp/bunya/kodomo/dv30/h25.html

②保健所（平成二五年四月現在で全国四九四か所）

> ▼保健所検索「日本子ども家庭総合研究所データベース」
> http://www.aiiku.or.jp/database/

③各市町村の児童家庭相談窓口

・相談内容

医師、児童心理司、ケースワーカーによる障害のある子どもに関する相談、指導等、また児童相談所においては判定等

障害者に関する専門的な相談がしたい

・相談窓口

①身体障害者更生相談所（平成二五年四月現在で全国八〇か所）

②知的障害者更生相談所（平成二五年四月現在で全国八二か所）

③精神保健福祉センター（各都道府県・指定都市に設置）

・相談内容

医師、保健師、心理判定員、ケースワーカーによる障害者に関する専門的な相談、指導、判定

障害のある子どもの教育について相談したい

・相談窓口

①教育委員会

②特別支援教育センター等

・相談内容

障害のある子どもに関する教育についての相談

＊高校についてはお住まいの都道府県・教育委員会へ、幼稚園と小中学校についてはお住まいの市町村の教育委員会へお問い合わせ下さい。

▼独立行政法人　国立特別支援教育総合研究所
特別支援教育に関する全国相談機関データベース
http://forum.nise.go.jp/soudan-db/htdocs/index.php?page_id=15

◎就職・採用について相談したい

・相談窓口

公共職業安定所（ハローワーク）

・相談内容

企業への就職、職業訓練の受講、障害のある人を雇用したい等の相談

▼厚生労働省　全国ハローワーク所在案内
http://www.mhlw.go.jp/kyujin/hwmap.html

◎雇用管理や職業適性等について相談したい

・相談窓口

地域障害者職業センター（各都道府県に設置）

・相談内容

職業適性、就職・職場適応や雇用管理についての専門的な相談

▼地域障害者職業センター一覧（独立行政法人 高齢・障害・求職者雇用支援機構ホームページ）
http://www.jeed.or.jp/location/

◎仕事と生活の相談をしたい

・相談窓口

障害者就業・生活支援センター（平成二五年四月末現在　全国三一七か所）

・相談内容

就職に向けての準備、職場への適応、就業に伴う日常生活の社会・生活の悩み等についての相談

▼厚生労働省　平成二五年度障害者就業・生活支援センター一覧
http://www.mhlw.go.jp/bunya/koyou/shougaisha02/pdf/10.pdf

発達障害の関連団体

◎一般社団法人日本自閉症協会

〒一〇四-〇〇四四　東京都中央区明石町六-二二　築地六一二二

ＴＥＬ　〇三-三五四五-三三八〇　ＦＡＸ　〇三-三五四五-三三八一

相談専用　〇三-三五四五-三三八二　http://www.autism.or.jp/

◎一般社団法人日本発達障害ネットワーク

http://jddnet.jp/

◎軽度発達障害フォーラム

http://www.mdd-forum.net/

◎ＮＰＯ法人アスペ・エルデの会
http://www.as-japan.jp/j/

◎ＮＰＯ法人えじそんくらぶ
〒三五八-〇〇〇三　埼玉県入間市豊岡一-一-一-九二四
ＴＥＬ・ＦＡＸ　〇四-二九六二-八六八三　http://www.e-club.jp/

◎全国ＬＤ親の会
〒一五一-〇〇五三　東京都渋谷区代々木二-二六-五　バロール代々木四一五
ＴＥＬ・ＦＡＸ　〇三-六二七六-八九八五　http://www.jpald.net/

◎社会福祉法人全日本手をつなぐ育成会
〒一〇五-〇〇一一　東京都港区芝公園一-一-一一　興和芝公園ビル二階
代表電話　〇三-三四三一-〇六六八　http://ikuseikai-japan.jp/

書籍紹介

ここでは発達障害の理解を助けてくれる書籍や実際の子育て体験に基づく読みものなど、発達障害の関連書籍をご紹介します。

●自閉症関連書籍

明石洋子『ありのままの子育て』ぶどう社　二〇〇二年
明石洋子『自立への子育て』ぶどう社　二〇〇三年
明石洋子『お仕事がんばります』ぶどう社　二〇〇五年
ドナ・ウィリアムズ（著）河野万里子（訳）『自閉症だったわたしへ』新潮社　二〇〇〇年
原　仁『家族のためのアスペルガー症候群・高機能自閉症がよくわかる本』池田書店　二〇一三年
本田秀夫・日戸由刈（編著）『アスペルガー症候群のある子どものための新キャリア教育――小・中学生のいま、家庭と学校でできること』金子書房　二〇一三年

ニキ・リンコ・藤家寛子『自閉っ子、こういう風にできてます！』花風社　二〇〇四年
日本自閉症協会『自閉症の手引き』社団法人日本自閉症協会　一九九五年
佐々木正美（監修）『自閉症のすべてがわかる本』講談社　二〇〇六年
佐々木正美・内山登紀夫・村松陽子（監修）『自閉症の人たちを支援するということ――TEACCHプログラム新世紀へ』朝日新聞厚生文化事業団　二〇〇一年
杉山登志郎（編著）『アスペルガー症候群と高機能自閉症の理解とサポート――よりよいソーシャルスキルが身につく』学習研究社　二〇〇二年
田中康雄・木村順（監修）『これでわかる自閉症とアスペルガー症候群』成美堂出版　二〇〇八年
戸部けいこ『光とともに……――自閉症児を抱えて①～⑮』秋田書店
トニー・アトウッド（著）内山登紀夫（監訳）八木由里子（訳）『アトウッド博士の自閉症スペクトラム障害の子どもの理解と支援――どうしてクリスはそんなことをするの？』明石書店　二〇一二年

●ＡＤＨＤ関連書籍

ジュディス・ピーコック（著）上田勢子（訳）汐見稔幸・田中千穂子（監修）『ＡＤＤとＡＤＨＤ――症状をコントロールしよう』大月書店　二〇〇五年

キャスリーン・ナドー&エレン・ディクソン（著）水野薫・内山登紀夫・吉田知子（監訳）ふじわらひろこ（絵）『きみもきっとうまくいく――子どものためのADHDワークブック』東京書籍　二〇〇七年
ラッセル・A・バークレー（著）山田寛（監修）海輪由香子（訳）『バークレー先生のADHDのすべて』ヴォイス　二〇〇〇年
榊原洋一『Dr.サカキハラのADHDの医学』学習研究社　二〇〇三年
シンシア・ウィッタム（著）上林靖子ほか（訳）中田洋二郎（監訳）『読んで学べるADHDのペアレントトレーニング――むずかしい子にやさしい子育て』明石書店　二〇〇二年
高山恵子（編著）えじそんくらぶ（著）『おっちょこちょいにつけるクスリ――ADHDなど発達障害のある子の本当の支援』ぶどう社　二〇〇七年
高山恵子（編著）えじそんくらぶ（著）『ADHDのサバイバルストーリー　本人の想い編』ぶどう社　二〇〇二年
田中康雄（監修）『わかってほしい！　気になる子――自閉症・ADHDなどと向き合う保育』学習研究社　二〇〇四年

●LD関連書籍

品川裕香『怠けてなんかない！――ディスレクシア～読む・書く・記憶するのが困難なLDの

子どもたち』岩崎書店　二〇〇三年
竹田契一（監修）太田信子・西岡有香・田畑友子（著）『LD児サポートプログラム――LD児はどこでつまずくのか、どう教えるのか』日本文化科学社　二〇〇〇年
上野一彦（監修）『LD（学習障害）のすべてがわかる本』講談社　二〇〇七年
山口薫『Q&Aと事例で読む　親と教師のためのLD相談室』中央法規出版　二〇〇三年

●その他

木村順『育てにくい子にはわけがある――感覚統合が教えてくれたもの』大月書店　二〇〇六年
秦野悦子・杉並区立子ども発達センター（監修）『親子で楽しめる　発達障がいのある子の感覚あそび・運動あそび』ナツメ社　二〇一三年
佐々木正美『子どもへのまなざし』福音館書店　一九九八年
佐藤曉『発達障害のある子の困り感に寄り添う支援――通常の学級に学ぶLD・ADHD・アスペの子どもへの手立て』学習研究社　二〇〇四年
高山恵子『親子のストレスを減らす15のヒント――保育・教育・福祉現場の保護者支援に』学習教育出版　二〇一二年
内山登紀夫（監修）「発達と障害を考える本」全一二巻　ミネルヴァ書房
内山登紀夫（監修）「新しい発達と障害を考える本」全八巻　ミネルヴァ書房

《編者紹介》

内山登紀夫（うちやま・ときお）

精神科医師。専門は児童精神医学。順天堂大学精神科，東京都立梅ヶ丘病院，大妻女子大学教授を経て，福島大学大学院人間発達文化研究科教授および，よこはま発達クリニック院長。1994年，朝日新聞厚生文化事業団の奨学金を得て米国ノース・カロライナ大学 TEACCH 部シャーロット TEACCH センターにて研修。1997～98年，国際ロータリークラブ田中徳兵衛冠名奨学金を得て The center for social and communication disorders（現 The NAS Lorna Wing Centre for Autism）に留学。Wing and Gould のもとでアスペルガー症候群の診断・評価を研究する。

明石洋子（あかし・ようこ）

一般社団法人川崎市自閉症協会代表理事（会長）。社会福祉法人あおぞら共生会副理事長。NPO かわさき障がい者権利擁護センター副理事長。九州大学薬学部卒業。薬剤師。社会福祉士。相談支援専門員。NHK で放映された「笑顔で街に暮らす」等で知られる，自閉症の長男（徹之・昭和47年生まれ，川崎市公務員）の思いを育て，思いに寄り添い，地域の中で生きる場を広げる。あおぞら共生会を設立し，地域に暮らす障害者のために日中活動や働くための場，サポート体制の充実などの14事業を展開するなど，幅広く活動を続けている。平成24年度厚生労働大臣賞受賞。

高山恵子（たかやま・けいこ）

NPO 法人えじそんくらぶ代表。臨床心理士。薬剤師。昭和大学薬学部非常勤講師，玉川大学大学院教育学部非常勤講師。昭和大学薬学部卒業，アメリカトリニティー大学大学院教育学修士課程修了（幼児・児童教育・特殊教育専攻），同大学院ガイダンスカウンセリング修士課程修了。現在は ADHD 等高機能発達障害のある人のカウンセリングや教育を中心に，親や支援者向けストレスマネジメント講座などにも力を入れている。文部科学省中央教育審議会特別支援教育専門部会専門委員などを歴任。ハーティック研究所所長。

シリーズ・わたしの体験記
わが子は発達障害
――心に響く33編の子育て物語――

2014年7月15日　初版第1刷発行
2014年11月25日　初版第2刷発行

〈検印省略〉

定価はカバーに
表示しています

編　者　内山登紀夫
　　　　明石洋子
　　　　高山恵子
発行者　杉田啓三
印刷者　坂本喜杏

発行所　株式会社　ミネルヴァ書房
607-8494　京都市山科区日ノ岡堤谷町1
電話代表　(075)581-5191
振替口座　01020-0-8076

冨山房インターナショナル　新生製本

ISBN 978-4-623-07007-7
Printed in Japan